W0188109

O. Henry (William Sidney Porter) 1862–1910

O. Henry

# Unschuldsengel vom Broadway

## Kurzgeschichten

Martus Verlag München

Aus dem Amerikanischen übertragen von
Christine Hoeppener

© Martus Verlag München 1994
2. Auflage Juni 1997
Lizenzausgabe mit freundlicher Genehmigung
des Verlages Rütten & Loening
© Rütten & Loening Berlin
Autorenbild: AKG Berlin
Gesetzt aus der Bembo Antiqua
Satz, Druck, Binden: Kösel, Kempten
Printed in Germany
ISBN 3-928606-14-x

# Inhalt

## Schuhe und Schiffe

John de Graffenreid Atwood aß den Lotos des Vergessens samt Wurzel, Stiel und Blüte. Die Tropen verschlangen ihn. Fieberhaft stürzte er sich in seine Arbeit, die darin bestand, Rosine zu vergessen.

Die den Lotos speisen, essen ihn selten ungewürzt. Es gibt eine *sauce au diable,* die dazu paßt, und die Küchenchefs, die sie zubereiten, sind die Schnapsbrenner. Auf Johnnys Speisekarte hieß sie Kognak. Eine Flasche zwischen sich, pflegten er und Billy Keogh nachts auf der Veranda des kleinen Konsulats zu sitzen und schöne unanständige Lieder zu singen, bis die Eingeborenen, die eilig vorbeiglitten, die Achseln zuckten und etwas über die *Americanos diablos* vor sich hin brummelten.

Eines Tages brachte Johnnys *mozo* die Post und knallte sie auf den Tisch. Johnny beugte sich aus der Hängematte und befühlte trübsinnig die vier, fünf Briefe. Keogh saß auf der Tischkante und hackte mit dem Papiermesser gedankenlos nach den Beinen eines Tausendfüßlers, der zwischen dem Schreibzeug herumkrabbelte. Johnny befand sich in

7

einem Stadium des Lotosgenusses, wo einem alles und jedes einen bitteren Geschmack im Mund zurückläßt.

»Die alte Leier!« klagte er. »Dummköpfe, die um Auskünfte über das Land bitten. Sie wollen alles über den Obstanbau wissen und wie man ohne Arbeit ein Vermögen macht. Die Hälfte schickt nicht mal Briefmarken für die Rückantwort mit. Sie meinen, ein Konsul hat nichts weiter zu tun, als Briefe zu schreiben. Reiß mir die Umschläge auf, Alter, und sieh nach, was sie wollen. Ich fühle mich zu angegriffen, um mich zu rühren.«

Keogh, in einem Maße akklimatisiert, das schlechte Laune ausschloß, zog mit lächelnder Willfährigkeit auf dem rosigen Gesicht seinen Stuhl an den Tisch und öffnete die Briefe. Vier davon waren von Bürgern aus verschiedenen Teilen der Vereinigten Staaten, die den Konsul in Coralio für eine Art Enzyklopädie zu halten schienen. Sie fragten lange Listen von Fragen, die nach Nummern geordnet waren, über Klima, Erzeugnisse, Möglichkeiten, Gesetze, Geschäftsaussichten und Statistiken des Landes, in dem der Konsul die Ehre hatte, seine Regierung zu vertreten.

»Schreib ihnen bitte, Billy«, sagte dieser träge Beamte, »nur eine Zeile, sie sollen sich den letzten Konsularbericht ansehen. Schreib ihnen, das Auswärtige Amt werde entzückt sein, die verlangten

Perlen der Gelehrsamkeit zu liefern. Unterzeichne mit meinem Namen. Und kratze nicht mit der Feder, Billy, das stört mich beim Einschlafen.«

»Schnarch nicht«, sagte Keogh freundlich, »dann mach’ ich dir deine Arbeit. Jedenfalls brauchst du ein ganzes Korps Gehilfen. Ich kann mir nicht vorstellen, wie du überhaupt je einen Bericht zustande bekommst. Wach mal einen Augenblick auf – hier ist noch ein Brief – noch dazu aus deiner Heimatstadt – aus Dalesburg.«

»Wirklich?« murmelte Johnny und offenbarte ein mäßig obligatorisches Interesse. »Was steht drin?«

»Der Postmeister schreibt«, erklärte Keogh. »Ein Bürger der Stadt möchte ein paar Tatsachen und einen Rat von dir. Der Bürger, schreibt er, hat die Idee, hierherzukommen und einen Schuhladen aufzumachen. Er möchte wissen, ob du meinst, daß sich das Geschäft bezahlt machen würde. Er hat, schreibt er, von der Konjunktur an dieser Küste läuten hören und möchte den Rahm abschöpfen.«

Trotz der Hitze und seiner schlechten Laune mußte Johnny so lachen, daß seine Hängematte schaukelte. Auch Keogh lachte, und aus Sympathie keckerte auch der Hausaffe oben auf dem Bücherschrank gellend zu der spöttischen Aufnahme des Briefes aus Dalesburg.

»Heiliges Kanonenrohr!« rief der Konsul. »Einen Schuhladen! Möchte wissen, wonach sie noch fragen werden! Vermutlich nach einer Fabrik für Winterulster. Wie viele von unsern dreitausend Einwohnern haben wohl jemals ein Paar Schuhe angehabt, Billy?«

Keogh dachte scharf nach.

»Wart mal – du und ich und...«

»Ich nicht«, unterbrach Johnny sofort und nicht ganz zu Recht, wobei er einen Fuß hochhielt, der in einem durchaus nicht reputierlichen Wildleder-Zapato steckte. »Seit Monaten zähle ich nicht mehr zu den Schuhopfern.«

»Aber du hast wenigstens welche gehabt«, fuhr Keogh fort. »Und dann noch Goodwin, Blanchard, Geddie, der alte Lutz, Doktor Gregg und dieser Italiener, der Agent der Bananengesellschaft, und der alte Delgado – nein, der trägt Sandalen. Ach ja, und Madame Ortiz, ›wo das Hotel hat‹ – gestern abend beim *baile* hatte sie ein Paar rote Slipper an. Und ihre Tochter, Miss Pasa, die in den Staaten zur Schule gegangen ist – und von dort etwas zivilisierte Vorstellungen über Fußbekleidung mitgebracht hat. Und dann die Schwester des *commandante,* die an Festtagen ihre Füße bekleidet – und Mrs. Geedie, die ein Paar mit kastilischen Kreuzspangen trägt –, und das sind schon alle Damen. Warte – sind nicht noch ein paar Soldaten im *cuartel* – nein, das ist so: Nur auf dem Marsch dürfen sie Schuhe tragen. In der Kaserne blecken sie die Zehen.«

»Stimmt ungefähr«, nickte der Konsul. »Nicht mehr als zwanzig von den dreitausend haben je an ihren Gehwerkzeugen Leder gespürt. O ja, Coralio ist haargenau die Stadt für einen unternehmungslustigen Schuhladen – der sich von seinen Waren nicht trennen will. Möchte mal wissen, ob sich der alte Patterson ein Späßchen mit mir erlaubt! Er hat schon immer solche Sachen im Kopf gehabt, die er für Späße hielt. Schreib ihm einen Brief, Billy. Ich werde ihn diktieren. Wir werden ein bißchen zurückspaßen.«

Keogh tauchte seine Feder ein und schrieb nach Johnnys Diktat. Nach vielen Pausen, die mit Rauch und dem Wandern der Flasche und der Gläser ausgefüllt waren, hatten sie schließlich folgende Antwort auf das Schreiben aus Dalesburg verbrochen:

Mr. Obadiah Patterson, Dalesburg, Alabama

Sehr geehrter Herr!
Auf Ihr Geschätztes vom 2. Juli beehre ich mich, Ihnen mitzuteilen, daß es meiner Meinung nach keinen Ort auf der bewohnbaren Erde gibt, der dem Auge einen deutlicheren Beweis für die Notwendigkeit eines erstklassigen Schuhgeschäftes bie-

tet als Coralio. Wir haben dreitausend Einwohner und kein einziges Schuhgeschäft! Dieser Umstand spricht für sich. Die Küste nimmt einen rapiden Aufschwung als Ziel unternehmungsfreudiger Geschäftsleute, doch das Geschäft mit Schuhen ist dabei bedauerlicherweise übersehen oder vergessen worden. Tatsächlich gibt es eine erhebliche Anzahl Bürger, die im Augenblick wirklich und wahrhaftig ohne Schuhe sind.

Außer dem obenerwähnten Mangel besteht auch ein schreiendes Bedürfnis nach einer Brauerei, einer Lehranstalt für höhere Mathematik, einem Kohlenplatz und einem gekonnten, geistreichen Puppentheater.

Hochachtungsvoll<br>
Ihr<br>
ergebener Diener John de Graffenreid Atwood<br>
U. S. Consul in Coralio

PS – Hallo, Onkel Obadiah! Wie geht's denn in dem alten Städtchen? Was würde wohl die Regierung ohne Sie und mich anfangen! Erwarten Sie in Bälde einen Papagei mit grünem Schopf und eine Staude Bananen

von Ihrem alten Freund<br>
Johnny.

»Die Nachschrift füge ich hinzu, damit sich On-kel Obadiah nicht durch den offiziellen Ton des Briefes beleidigt fühlt!« erklärte der Konsul. »Und jetzt besorge die Korrespondenz, Billy, und schick Pancho damit weg. Die ›Ariadne‹ nimmt morgen die Post mit, wenn sie heute ihre Ladung Obst unter Dach und Fach bekommt.«

Das Nachtprogramm in Coralio wechselte nie. Die Volksbelustigungen waren einschläfernd und matt. Barfüßig und ziellos wanderten die Bürger umher, sprachen leise und rauchten Zigarren oder Zigaretten. Wenn man auf die spärlich beleuchteten Wege hinunterblickte, schien man einen schieben-den und drängenden Wirrwarr brünetter Geister vor Augen zu haben, die mit einer Prozession wahnsinniger Leuchtkäfer ins Gehege kamen. Das aus einigen Häusern dringende klägliche Gitarren-geklimper verstärkte noch den deprimierenden Eindruck der tristen Nacht. Riesenlaubfrösche knarrten und rasselten so laut im Laubwerk wie eine Ratschen-und-Schnarren-Kapelle.

Gegen neun Uhr lagen die Straßen fast wie aus-gestorben.

Auch im Konsulat gab es nicht häufig eine Abän-derung des Programms. Jeden Abend kam Keogh zu dem einzig kühlen Ort in Coralio – die kleine, zur See blickende Veranda des Amtssitzes.

Der Kognak wurde in Bewegung gehalten, und

vor Mitternacht pflegten sich im Herzen des freiwillig in die Verbannung gegangenen Konsuls Gefühle zu regen. Dann erzählte er Keogh die Geschichte seines ausgeträumten Liebesromans.
Nacht für Nacht hörte Keogh geduldig zu und hielt
sein unermüdliches Mitgefühl griffbereit.

»Aber glaub ja nicht, keine Minute lang«, pflegte
Johnny seine traurige Erzählung zu beenden, »daß
ich mich um das Mädchen gräme, Billy. Ich habe
sie vergessen. Sie kommt mir nie mehr in den Sinn.
Wenn sie diesen Augenblick zur Tür hereintreten
würde, so würde mein Herz nicht die Spur schnel-
ler schlagen. Das ist alles längst vorbei.«

»Als ob ich das nicht wüßte!« antwortete dann
Keogh. »Natürlich hast du sie vergessen. Ist auch
ganz richtig. War nicht ganz in Ordnung von ihr,
sich anzuhören, was dieser – dieser Dink Pawson
dauernd hinter deinem Rücken über dich redete.«

»Pink Dawson!« – Eine Welt voll Verachtung lag
in Johnnys Stimme. »Ein nichtsnutziger armer
Weißer! Das war er. Aber er hatte zweihundert
Hektar Farmland, und das zählte. Vielleicht bietet
sich eines Tages die günstige Gelegenheit, ihm
heimzuzahlen. Die Dawsons waren Nichtse. Aber
jeder in Alabama kennt die Atwoods. Weißt du,
Billy, daß meine Mutter eine de Graffenreid war?«

»Aber nein«, sagte Keogh, »wirklich?« Er hatte
es wohl schon an die dreihundertmal gehört.

»Tatsache. Die de Graffenreids aus dem Distrikt Hancock. Aber ich denke nicht mehr an das Mädchen, nicht wahr, Billy?«

»Keine Minute, mein Junge«, war das letzte, was der Bezwinger Amors hörte.

An diesem Punkt pflegte Johnny in sanften Schlummer zu sinken, und Keogh bummelte in seine Hütte unter dem Flaschenkürbisbaum an der Plaza.

Nach ein, zwei Tagen hatten die beiden Verbannten in Coralio den Brief des Postmeisters von Dalesburg und die Antwort darauf vergessen. Doch am 26. Juli zeigte sich die Frucht der Antwort am Baum der Ereignisse.

Die »Andador«, ein Bananendampfer, der regelmäßig Coralio anlief, drehte draußen auf See bei und ging vor Anker. Am Strand standen die Schaulustigen aufgereiht, während der Quarantänearzt und die Zollbeamten hinausruderten, um ihrer Pflicht nachzugehen.

Eine Stunde später kam Bill Keogh, frisch und sauber in seinem weißen Leinenanzug, in das Konsulat geschlendert und grinste wie ein zufriedener Haifisch.

»Rate mal, was ist«, sagte er zu Johnny, der in seiner Hängematte faulenzte.

»Zu heiß zum Raten«, sagte Johnny träge.

»Dein Schuhladenonkel ist gekommen«, sagte

Keogh und ließ den süßen Happen auf der Zunge zergehen, »mit einem Warenlager, das groß genug ist, den ganzen Kontinent bis 'runter nach Feuerland zu versorgen. Sie schaffen gerade seine Kisten aufs Zollamt. Sechs Frachtboote voll haben sie schon an Land gebracht und sind zurückgepaddelt, um den Rest zu holen. Oh, ihr Heiligen in eurer Glorie! Wie wird das die Luft auffrischen, wenn er hinter den Spaß kommt und dem Herrn Konsul auf den Zahn fühlt! Diesen herrlichen Augenblick mitzuerleben ist neun Jahre Tropen wert.«

Keogh hatte es gern bequem bei seinen Heiterkeitsausbrüchen. Er suchte sich eine saubere Stelle auf den Matten und legte sich auf den Fußboden. Die Wände wackelten, so freute er sich. Johnny drehte sich halb herum und blinzelte.

»Du willst mir doch nicht weismachen, daß jemand so behämmert gewesen ist, den Brief ernst zu nehmen?« sagte er.

»Ein Warenlager für viertausend Dollar!« keuchte Keogh entzückt. »Red mir noch einer von Sand in die Wüste tragen! Warum hat er nicht gleich eine Schiffsladung Palmwedel nach Spitzbergen gebracht, wo er schon einmal damit beschäftigt war? Hab' den alten Knacker am Strand gesehn. Du hättest dabeisein sollen, wie er seine Brille 'rauskramte und verstohlen nach den etwa fünfhundert barfüßigen Bürgern schielte, die da 'rumstanden.«

»Sprichst du die Wahrheit, Billy?« fragte der Konsul schwach.

»Vielleicht nicht? Du hättest bloß die Tochter von dem angeschmierten Gentleman sehen sollen, die er mitgebracht hat, Klasse! Gegen die sehen die Ziegelstaubseñoritas hier wie Negerbabys aus.«

»Weiter«, sagte Johnny, »wenn du freundlicherweise mit dem blöden Gekicher aufhören würdest. Ich kann es nicht ausstehen, wenn sich ein erwachsener Mann wie eine hihilachende Hyäne aufführt.«

»Heißt Hemstetter«, fuhr Keogh fort. »Er ist... nanu, was ist denn nun los?«

Johnnys mokassinbeschuhte Füße dröhnten auf den Boden, als er sich aus der Hängematte wand.

»Steh auf, du Idiot«, sagte er finster, »oder ich schlag' dir das Schreibzeug über den Schädel. Das sind Rosine und ihr Vater. Heiliges Gewitter! Was für ein schwachsinniger Blödling ist doch dieser alte Patterson! Steh auf, Billy Keogh, und hilf mir. Was zum Teufel sollen wir machen? Ist denn alle Welt verrückt geworden?«

Keogh erhob sich und staubte sich ab. Er brachte es fertig, sich wieder anständig zu betragen.

»Man muß der Sache ins Auge sehn, Johnny«, sagte er mit dem einigermaßen erfolgreichen Bemühen um Ernsthaftigkeit. »Ich bin gar nicht auf die Idee gekommen, daß es dein Mädchen sein

17

könnte, bis du es gesagt hast. Als erstes muß man ihnen eine bequeme Unterkunft verschaffen. Geh 'runter und steh deinen Mann, ich werde zu den Goodwins traben und sehen, ob nicht Mrs. Goodwin sie aufnimmt. Sie haben das anständigste Haus in der Stadt.«

»Gott befohlen, Billy!« sagte der Konsul. »Ich wußte, du würdest mich nicht im Stich lassen. Das ist der Weltuntergang, aber vielleicht können wir ihn noch ein, zwei Tage aufhalten.«

Keogh spannte seinen Schirm auf und begab sich zu dem Haus der Goodwins. Johnny nahm Rock und Hut. Er hob die Kognakflasche auf, stellte sie aber wieder hin, ohne zu trinken, und marschierte tapfer hinunter zum Strand.

Im Schatten der Zollamtsmauern fand er Mr. Hemstetter und Rosine, die von einem Haufen gaffender Bürger umgeben waren. Die Zollbeamten verbeugten sich und machten Kratzfüße, während der Kapitän der »Andador« das Anliegen der Neuankömmlinge verdolmetschte. Rosine sah gesund und quicklebendig aus. Mit amüsiertem Interesse betrachtete sie die fremdartigen Kulissen ringsum. Eine leichte Röte flog über ihre runden Wangen, als sie von ihrem alten Verehrer begrüßt wurde. Mr. Hemstetter schüttelte Johnny freundlich die Hand. Er war ein altmodischer, lebensuntüchtiger Mann – einer von den unzähligen herumziehenden Geschäftsleuten, die ewig unzufrieden sind und eine Veränderung suchen.

»Freut mich sehr, Sie zu sehen, John – ich darf Sie doch John nennen?« sagte er. »Vielen Dank für Ihre prompte Antwort auf die Anfrage unseres Postmeisters. Er hatte sich freiwillig erboten, Ihnen meinetwegen zu schreiben. Ich sah mich gerade nach einer anderen Beschäftigungsmöglichkeit um, die mehr abwirft. Aus den Zeitungen hatte ich ersehen, daß der Küste hier von den Geldleuten viel Aufmerksamkeit zuteil wird. Ich bin Ihnen außerordentlich dankbar für Ihren Rat. Ich habe alles, was ich besaß, verkauft und den Ertrag in einem Vorrat der elegantesten Schuhe angelegt, die ich im Norden bekommen konnte. Eine malerische Stadt haben Sie hier, John. Ich hoffe, das Geschäft läßt sich so gut an, wie ich es nach Ihrem Brief erwarten darf.«

Johnnys Seelenpein wurde durch die Ankunft von Keogh abgekürzt, der mit der Nachricht gelaufen kam. Mrs. Goodwin werde sehr erfreut sein, Mr. Hemstetter und seiner Tochter Räumlichkeiten zur Verfügung zu stellen. So wurden Mr. Hemstetter und Rosine unverzüglich hingeführt und dort gelassen, um sich nach den Beschwernissen der Reise zu erfrischen, wohingegen Johnny hinunterging und nachsah, ob die Schuhkisten während der noch nicht abgeschlossenen Untersuchung durch die Beamten im Zollspeicher sicher untergebracht waren. Keogh, der wie ein Haifisch grinste, schwänzelte auf der Suche nach Goodwin herum, um ihm beizubringen, daß er Mr. Hemstetter ja nicht Coralios wahre Beschaffenheit als Schuhmarkt offenbare, bis Johnny eine Gelegenheit gefunden habe, die Situation zu retten, falls das überhaupt möglich sei.

Diese Nacht hielten der Konsul und Keogh auf der luftigen Veranda des Konsulats eine verzweifelte Beratung ab.

»Schick sie wieder nach Hause«, begann Keogh, der Johnnys Gedanken las.

»Ich würde schon«, sagte Johnny nach kurzem Schweigen, »aber ich hab' dich belogen, Billy.«

»Schon gut«, meinte Billy freundlich.

»Ich hab' dir hundertmal erzählt«, sagte Johnny langsam, »daß ich das Mädchen vergessen habe, nicht wahr?«

»Ungefähr dreihundertfünfundsiebzigmal«, nickte das Denkmal unermüdlicher Geduld.

»Ich habe gelogen«, wiederholte der Konsul, »jedesmal. Keine Minute hab' ich sie vergessen. Ich war ein bockbeiniger Esel, daß ich weglief, bloß weil sie einmal nein gesagt hatte. Und ich war ein zu stolzer Trottel, um zurückzufahren. Heute abend habe ich bei den Goodwins ein paar Minuten mit Rosine gesprochen. Dabei habe ich eine Sache herausgefunden. Du erinnerst dich an diesen Farmerburschen, der immer hinter ihr her war?«

»Dink Pawson?« fragte Keogh.

»Pink Dawson. Ja, der hat ihr rein nichts bedeutet. Sie sagt, sie hat kein Wort von all dem geglaubt, was er ihr über mich erzählt hat. Aber jetzt bin ich in einer schrecklichen Lage, Billy. Dieser blöde Brief, den wir geschickt haben, macht jede Aussicht, die mir noch blieb, zunichte. Sie wird mich verabscheuen, wenn sie herausbekommt, daß ihr alter Vater das Opfer eines Spaßes geworden ist, den sich kein anständiger Schuljunge hätte zuschulden kommen lassen. Schuhe! Keine zwanzig Paar Schuhe könnte er in Coralio verkaufen, und wenn er dreist zwanzig Jahre den Laden halten würde. Zieh einem von diesen karibischen oder spanischen braunen Kerlen ein Paar Schuhe an, was wird er tun? Auf dem Kopf stehn und schreien, bis er sie 'runtergestrampelt hat. Keiner von denen hat je Schuhe getragen und wird es nie. Wenn ich die beiden nach Hause zurückschicke, muß ich ihnen die ganze Geschichte erzählen, und was wird sie dann von mir denken? Mein Verlangen nach dem Mädchen ist schlimmer denn je, Billy, und jetzt, da sie in Reichweite ist, hab' ich sie für immer verloren, weil ich ulkig zu sein versuchte, als das Thermometer auf hundertzwei Grad Fahrenheit stand.«

»Nimm's nicht so tragisch«, sagte der optimistische Keogh. »Laß sie doch den Laden aufmachen. Ich bin heute nachmittag nicht untätig gewesen.

Auf jeden Fall können wir eine zeitweilige Konjunktur in Fußbekleidung ankurbeln. Ich werde sechs Paar kaufen, sobald die Tür offen ist. Ich bin überall 'rumgegangen und hab' all unsere Freunde besucht und ihnen die Katastrophe auseinanderklamüsert. Alle werden Schuhe kaufen, als wären sie Tausendfüßler. Frank Goodwin wird sie gleich kistenweise abnehmen. Die Geddies wollen an die elf Paar für sich. Clancy wird die Ersparnisse von Wochen dransetzen, und sogar der alte Doktor Gregg will drei Paar Krokodillederslipper, wenn sie Größe zehn dahaben. Blanchard hat einen Blick auf Miss Hemstetter werfen können, und da er Franzose ist, wird er's nicht unter einem Dutzend Paar Schuhe machen.«

»Ein Dutzend Kunden«, sagte Johnny, »für ein Schuhlager im Wert von viertausend Dollar! Es wird nicht klappen. Das ist ein Riesenproblem und will überlegt sein. Geh nach Hause, Billy, und laß mich allein. Ich muß mich ganz für mich damit beschäftigen. Nimm die Flasche Dreistern mit – nein, mein Herr, keinen Tropfen Alkohol mehr für den Konsul der Vereinigten Staaten. Ich werde heute nacht hier sitzen bleiben und den Pfropfen aus meinem Denkapparat ziehen. Wenn diese Sache irgendwo eine weiche Stelle hat, werde ich sie finden. Wenn nicht, gibt es wieder einen Schiffbruch zum Ruhm der herrlichen Tropen.«

Keogh ging, weil er spürte, daß er nichts nützen konnte. Johnny legte eine Handvoll Zigarren auf den Tisch und streckte sich in einen Liegestuhl. Als unvermutet das Tageslicht anbrach und die Kräuselwellen im Hafen versilberte, saß er immer noch da. Dann stand er auf, pfiff eine Melodie und nahm sein Bad.

Um neun Uhr ging er hinunter zu dem schmutzigen kleinen Telegraphenbüro und stand eine halbe Stunde über ein Formular gebeugt. Das Ergebnis seiner Anstrengung war folgende Mitteilung, die er unterschrieb und für dreiunddreißig Dollar absenden ließ:

An Pinkey Dawson
Dalesburg, Alabama
Anweisung 100 Dollar mit nächster Post. Verladet an mich sofort 500 Pfund starre, trockne Kletten. Neue Verwendung hier für angewandte Kunst. Marktpreis 20 Cent pro Pfund. Weitere Bestellungen wahrscheinlich. Lebhafte Nachfrage.

Innerhalb einer Woche war ein geeignetes Haus in der Calle Grande beschafft worden, und Mr. Hemstetters Schuhvorrat war in den Regalen untergebracht. Die Ladenmiete war niedrig, und das Lager machte mit den verlockend zur Schau gestellten weißen Kartons einen vornehmen Eindruck.

Johnny wurde von seinen Freunden getreulich unterstützt. Gleich am ersten Tag schlenderte Keogh wie zufällig ungefähr jede Stunde einmal in den Laden und kaufte Schuhe. Nachdem er je ein Paar Randgenähte, Halbschuhe mit Gummizügen, Knopfstiefel aus Ziegenleder, flache Kalbslederne, Tanzpumps, Gummistiefel, verschiedenfarbige Waschlederne, Tennisschuhe und geblümte Pantoffeln gekauft hatte, suchte er Johnny auf, um sich von ihm die Namen anderer Modelle vorsagen zu lassen, nach denen er fragen konnte. Auch die übrigen englisch sprechenden Bewohner spielten ihre Rolle hervorragend, indem sie oft und reichlich kauften. Keogh machte den Oberfestordner und teilte ihre Einkaufsbesuche so ein, daß der erwünschte Kundenandrang ein paar Tage lang anhielt.

Mr. Hemstetter war mit dem bisherigen Geschäftsergebnis soweit ganz zufrieden, gab jedoch seiner Verwunderung Ausdruck, daß sich die Eingeborenen mit ihren Einkäufen zurückhielten.

»Ach, die sind schrecklich mißtrauisch«, erklärte Johnny und wischte sich nervös die Stirn. »Sie werden sich schon bald genug daran gewöhnen. Und wenn sie kommen, gibt es einen Riesenansturm.«

Eines Nachmittags erschien Keogh, nachdenklich an einer nichtangezündeten Zigarre kauend, im Konsulat.

»Hast du irgendwas in petto?« fragte er Johnny. »Wenn ja, ist es Zeit, damit 'rauszurücken. Wenn du dir von einem Herrn im Publikum einen Hut borgen und einen Haufen Kunden für einen wertlosen Schuhladen aus ihm herauszaubern kannst, solltest du losquasseln. Die Jungs haben durch die Bank genug Schuhzeug für zehn Jahre gespeichert, und in dem Schuhladen tut sich nur noch ein süßes Nichtstun. Ich bin eben vorbeigegangen. Dein ehrwürdiges Opfer stand in der Tür und blickte durch seine Brille nach den nackten Zehen, die an seinem Laden vorbeigingen. Die Eingeborenen hier haben eben die wahre Künstlernatur. Ich und Clancy haben heute vormittag in zwei Stunden achtzehn Schnellphotos auf Blech gemacht. Aber den ganzen Tag wurde bloß ein Paar Schuhe verkauft. Blanchard ging 'rein und kaufte ein Paar pelzbesetzte Haustreter, weil er zu sehen glaubte, daß Miss Hemstetter im Laden verschwand. Ich hab' gesehen, wie er die Trittlinge hinterher in die Lagune warf.«

»Morgen oder übermorgen kommt ein Bananendampfer aus Mobile« sagte Johnny. »Bis dahin können wir nichts machen.«

»Was hast du vor – eine Nachfrage zu schaffen?«
»Nationalökonomie ist wohl nicht deine starke

Seite«, sagte der Konsul anzüglich. »Man kann keine Nachfrage schaffen. Aber man kann die unumgängliche Notwendigkeit für eine Nachfrage schaffen. Und das habe ich vor.«

Zwei Wochen später, nachdem der Konsul das Telegramm abgeschickt hatte, brachte der Bananendampfer einen geheimnisvollen, mächtigen braunen Ballen unbekannten Inhalts. Johnnys Einfluß bei den Leuten im Zollamt war groß genug, daß er die Ware ohne die übliche Untersuchung ausgehändigt bekam. Er ließ den Ballen ins Konsulat schaffen und heimlich im Hinterzimmer verstauen.

In der Nacht riß er eine Ecke auf und nahm eine Handvoll Kletten heraus. Er prüfte sie mit jener Sorgfalt, mit der ein Krieger seine Waffen prüft, bevor er für Minne und Leben in die Schlacht zieht. Die Kletten waren reife Augusternte, hart wie Haselnüsse und von nadelscharfen und -steifen Stacheln strotzend. Johnny pfiff leise eine kleine Melodie und machte sich auf die Suche nach Billy Keogh.

Später, in der Nacht, als ganz Coralio in Schlummer lag, gingen er und Billy durch die verlassenen Straßen, die Jacketts wie Ballons aufgebauscht. Wieder und wieder gingen sie die Calle Grande hinauf und hinunter und streuten die scharfen Kletten sorgfältig in den Sand, auf die engen Bürger-

steige und in jeden Fußbreit Gras zwischen den
schweigenden Häusern. Und dann nahmen sie sich
die Seitenwege und Nebenstraßen vor und ließen
keine aus. Keine Stelle, auf die Mann, Frau oder
Kind den Fuß setzen konnte, wurde vergessen.
Viele Male machten sie den Weg zu ihrem stachligen Schatz. Als fast schon der Morgen heraufzu-
dämmern begann, legten sie sich zu friedlicher
Ruhe nieder wie große Generäle, die ihre Taktik
geändert und einen Sieg vorbereitet haben, und
schliefen in dem Bewußtsein, daß sie ihren Samen
gesät hätten mit der Sorgfalt des Teufels, der da
Unkraut säete, und mit der Beharrlichkeit des
Pflanzgärtners Paulus.

Mit der aufgehenden Sonne kamen die Obst-
und Fleischhändler und legten ihre Waren in der
kleinen Markthalle und in ihrem Umkreis aus. Die
Markthalle stand nahe der Küste am Stadtrand, und
so weit waren die Kletten nicht verstreut. Die
Händler warteten lange über die Stunde hinaus, da
sonst der Verkauf begann. Niemand kam, um zu
kaufen. »*Qué hay?*« riefen sie einander zu.

Zur gewohnten Stunde glitten aus den Lehmzie-
gelhäusern, Palmenhütten, grasgedeckten Kabusen
und dem dunklen *patio* die Frauen – schwarze
Frauen, braune Frauen, zitronenblasse Frauen,
schwarzbraune, gelbe und gelbbraune Frauen. Sie
waren die Kunden, die sich auf den Weg zum

Markt machten, um den Familienproviant an Maniok, Früchten, Fleisch, Geflügel und Tortillas einzukaufen. Sie waren dekolletiert, hatten bloße Arme und nackte Füße und trugen nur einen Rock, der bis übers Knie reichte. Nichtsahnend und kuhäugig kamen sie aus ihren Türen heraus und traten auf die engen Wege oder in das weiche Gras auf den Straßen.

Die ersten, die auftauchten, quiekten ungläubig und hoben schnell einen Fuß hoch. Noch ein Schritt, und sie hockten sich unter gellendem Angstgeschrei nieder, um nach den neuen peinigenden Insekten zu schlagen, die sie in die Füße gestochen hatten. »*Qué picadores diablos!*« kreischten sie sich über die schmalen Wege zu. Manche versuchten im Gras statt auf den Wegen zu gehen, aber auch sie wurden von den sonderbaren stachligen kleinen Bällchen gestochen und gebissen. Sie plumpsten ins Gras, und ihr Wehgeschrei vereinte sich mit dem ihrer Schwestern auf den Sandwegen. Durch die ganze Stadt war das klagende Weibergeschnatter zu hören. Die Händler auf dem Markt wunderten sich immer noch, warum keine Käufer kamen.

Dann kamen die Männer, die Herren der Erde. Auch sie fingen an zu hüpfen, zu tanzen, zu springen und zu fluchen. Sie standen verdattert und verdutzt oder bückten sich, um an der Geißel zu zupfen, die es auf ihre Füße und Fußgelenke abgesehen hatte. Manche erklärten diese Plage lauthals für eine unbekannte Art von Giftspinnen.

Und dann kamen die Kinder zu ihrer Morgentoberei gelaufen. Und nun mischte sich in den Lärm das Geheul humpelnder Knirpse, von Kletten gepikter Kinder. Mit jeder Minute des fortschreitenden Tages vergrößerte sich die Zahl der Opfer.

Doña Maria Castillas y Buenventura de las Casas trat wie jeden Tag aus ihrer hochachtbaren Tür, um aus der *panadería* auf der anderen Straßenseite frisches Brot zu holen. Sie trug einen Rock aus gelber, geblümter Glanzseide, ein gefälteltes Leinenhemd und eine purpurne Mantilla von den Webstühlen Spaniens. Ihre zitronengelben Füße waren leider nackt. Sie schritt majestätisch, denn waren nicht ihre Ahnen Hidalgos aus Aragon? Drei Schritte ging sie über das samtene Gras und setzte ihren aristokratischen Fuß auf ein ganzes Büschel von Johnnys Kletten. Doña Maria Castillas y Buenventura de las Casas jaulte auf wie eine Wildkatze. Sie drehte sich um, fiel auf Hände und Knie und kroch – ja, kroch wie ein Feld-und-Wiesen-Tier zu ihrer hochachtbaren Türschwelle zurück.

Don Señor Ildefonso Federico Valdazar, *Juez de la Paz,* zweieinhalb Zentner Lebendgewicht, wollte gerade seinen Wanst in die *pulpería* an der Ecke der Plaza befördern, um seinen Morgendurst zu stillen.

Der erste Tritt seines unbeschuhten Fußes in das kühle Gras traf eine versteckte Mine. Don Ildefonso stürzte wie eine geknickte Kathedrale und schrie, ein giftiger Skorpion habe ihm einen tödlichen Stich beigebracht. Überall hüpften, strauchelten und hinkten die schuhlosen Bürger und zogen sich die bösartigen Insekten aus den Füßen, die in einer einzigen Nacht gekommen waren, sie zu plagen.

Der erste, dem ein Mittel dagegen einfiel, war der Barbier Estebán Delgado, ein gereister und gebildeter Mann. Er saß auf einem Stein und zupfte Kletten aus seinen Zehen und redete eine Rede: »Seht dieses Satansviehzeug, meine Freunde! Ich kenne es gut. Es fliegt in Schwärmen durch den Himmel wie die Tauben. Dies hier sind die toten, die in der Nacht 'runtergefallen sind. In Yukatan habe ich welche so groß wie Orangen gesehn. Jawohl! Da zischen sie wie Schlangen und haben Flügel wie Fledermäuse. Schuhe – Schuhe braucht man! *Zapatos – zapatos para mí!*«

Estebán humpelte zu Mr. Hemstetters Laden und kaufte sich Schuhe. Als er herauskam, stolzierte er ungestraft die Straße hinunter und schimpfte laut auf das Satansviehzeug. Die Leidenden saßen oder standen auf einem Fuß und starrten den immun gewordenen Barbier an. Und Männer, Frauen und Kinder nahmen den Ruf auf: »*Zapatos! Zapatos!*«

Die unumgängliche Notwendigkeit für die Nachfrage war geschaffen. Als nächstes kam die Nachfrage. An diesem Tag verkaufte Mr. Hemstetter dreihundert Paar Schuhe.

»Es ist wirklich erstaunlich«, sagte er zu Johnny, der abends kam, um ihm beim Aufräumen des Lagers zu helfen, »wie sich das Geschäft erholt. Gestern habe ich nur drei Verkäufe getätigt.«

»Ich habe Ihnen gesagt, daß sie ein Riesengeschrei machen würden, wenn sie erst mal soweit wären«, sagte der Konsul.

»Ich glaube, ich sollte noch ein Dutzend Kisten bestellen, um den Vorrat nicht ausgehen zu lassen«, meinte Mr. Hemstetter und strahlte durch seine Brillengläser.

»Ich würde jetzt noch keine Bestellungen aufgeben«, riet Johnny. »Warten Sie ab, ob der Verkauf so bleibt.«

Jede Nacht streuten Johnny und Keogh die Saat aus, die bei Tag zu Dollars heranreifte. Nach zehn Tagen waren zwei Drittel des Schuhvorrats verkauft, und der Klettenvorrat war erschöpft. Johnny telegraphierte an Pink Dawson um weitere fünfhundert Pfund zu dem bisherigen Preis von zwanzig Cent pro Pfund. Mr. Hemstetter bestellte vorsorglich für eintausendfünfhundert Dollar Schuhe bei Firmen im Norden. Johnny lungerte im Laden herum, bis die Bestellung zum Abschicken fertig war, und es gelang ihm, sie zu vernichten, ehe sie das Postamt erreichte.

An diesem Abend zog er Rosine unter den Mangobaum an Goodwins Veranda und gestand ihr alles. Sie blickte ihm in die Augen und sagte: »Du bist ein sehr böser Mensch. Vater und ich werden zurückfahren. Ein Spaß soll das gewesen sein? Ich glaube, es ist eine sehr ernste Sache.«

Doch nach einem halbstündigen Streit hatte sich die Unterhaltung bereits einem andern Gegenstand zugewandt. Die beiden jungen Leute erwogen die besonderen Vorzüge blaßblauer und rosarosiger Tapete, mit der das alte, im Kolonialstil gehaltene Herrenhaus der Atwoods in Dalesburg nach der Hochzeit verschönt werden sollte.

Am nächsten Morgen beichtete Johnny Mr. Hemstetter. Der Schuhhändler setzte seine Brille auf und sagte: »Ich habe den Eindruck, Sie sind ein ganz außergewöhnlicher junger Taugenichts. Wenn ich das Unternehmen nicht mit gesundem Geschäftssinn geführt hätte, wäre vielleicht mein gesamtes Warenlager in die Binsen gegangen. Und was soll nun Ihrer Meinung nach mit dem Rest geschehen?«

Als die zweite Sendung Kletten ankam, lud sie Johnny mitsamt dem Restposten Schuhe in einen Schoner und segelte die Küste hinunter nach Alazan.

Dort wiederholte er seinen Erfolg auf dieselbe heimliche und teuflische Weise und kehrte mit einem Sack voll Geld und ohne auch nur einen Schnürsenkel zurück.

Und dann richtete er ein Gesuch an seinen großen Onkel mit dem wehenden Ziegenbart und der Sternenweste, seinen Rücktritt zu genehmigen, da ihn der Lotos nicht mehr reize. Er sehne sich nach dem Spinat und der Kresse Dalesburgs.

Mr. William Terence Keogh wurde als amtierender Konsul p. t. vorgeschlagen und genehmigt, und Johnny segelte mit den Hemstetters in seine heimatlichen Gefilde zurück.

Keogh schlüpfte mit der Zwanglosigkeit, die ihn nicht einmal in so hohen Stellungen verließ, in die Sinekure der amerikanischen Konsulwürde. Das Schnellphotographieretablissement gehörte bald der Vergangenheit an, obwohl sein mörderisches Werk an dieser friedlichen und wehrlosen Küste nie erlosch. Die ruhelosen Geschäftspartner wollten wieder fort, als Späher an der Spitze der trägen Glücksritter. Aber jetzt wollten sie verschiedene Wege gehen. Gerüchte über einen vielversprechenden Aufstand in Peru schwirrten herum, und dorthin wollte der kriegerische Clancy seinen Abenteurerschritt lenken. Was Keogh betraf, so entwarf er erst in seinem Kopf und dann auf dem Papier mit dem Regierungsbriefkopf einen Plan, der die

Kunst, das Menschenantlitz auf Blech zu verschimpfieren, in den Schatten stellte.

»Die Masche, die mir im Geschäftlichen zusagt«, pflegte Keogh zu erklären, »ist etwas Abwechslungsreiches, das nach mehr aussieht, als es ist – so was wie ein nobles Geschäftchen, und nicht oft genug betrieben, daß es in Briefkursen per Post gelehrt würde. Ich gebe Vorgabe, aber zumindest möchte ich ebenso gute Aussicht haben zu gewinnen wie einer, der auf einem Ozeandampfer Poker lernt oder sich als Republikaner um den Gouverneursposten in Texas bewirbt. Und wenn ich meinen Gewinn kassiere, möchte ich keine Witwen- und Waisenchips darunter haben.«

Der grasbewachsene Erdball war der grüne Tisch, an dem Keogh spielte. Es waren selbsterfundene Spiele. Er wühlte nicht nach dem zaghaften Dollar. Er hetzte ihn auch nicht mit Hörnern und Hunden. Er hatte mehr Freude daran, ihn mit ungewöhnlichen, blitzenden Fliegen aus seinen Schlupfwinkeln in den Wassern unbekannter Ströme herauszulokken. Und doch war Keogh ein Geschäftsmann, und seine Pläne waren ungeachtet ihrer Eigentümlichkeit so gründlich durchdacht wie die Pläne eines Bauherrn. Zu Artus' Zeiten wäre Sir William Keogh ein Ritter der Tafelrunde gewesen. Heutigentags zieht er nicht nach dem wundertätigen Gral, sondern nach dem wundertätigen Kapital aus.

Drei Tage nach Johnnys Abreise erschienen draußen vor Coralio zwei kleine Schoner. Eine Weile später stieß ein Boot von einem der Schiffe ab und brachte einen sonnengebräunten jungen Mann an Land. Der junge Mann hatte schlaue, berechnende Augen und blickte voll Staunen auf die seltsamen Dinge, die er sah. Am Strand fand er jemand, der ihm den Weg zum Konsulatsbüro wies, und dorthin machte er sich mit kräftigen Schritten auf.

Keogh rekelte sich in dem Armstuhl und zeichnete auf einen Wust Amtspapiere Karikaturen von Onkel Sams Kopf. Er sah zu seinem Besucher auf.

»Wo ist Johnny Atwood?« fragte der sonnengebräunte junge Mann in geschäftlichem Ton.

»Weg«, sagte Keogh und zeichnete fein säuberlich Onkel Sams Halsbinde.

»Das sieht ihm ähnlich«, bemerkte der Nußbraune und lehnte sich an den Tisch. »Er gehörte schon immer zu denen, die herumscharwenzeln, statt sich um die Arbeit zu kümmern. Wird er bald zurück sein?«

»Kaum«, sagte Keogh nach ziemlich langem Überlegen.

»Wahrscheinlich läuft er irgendwelchen Dummheiten nach«, vermutete der Besucher mit dem Brustton der Überzeugung. »Johnny konnte nie so lange bei einer Sache bleiben, um Erfolg zu haben.

Ich möchte mal wissen, wie er es fertigbringt, sein Amt auszufüllen, wenn er nicht da ist, um es zu versehen.«

»Das Amt versehe ich jetzt«, räumte der Konsul p. t. ein.

»So? Dann erzählen Sie mir mal, wo die Fabrik ist.«

»Welche Fabrik?« fragte Keogh mit maßvoll höflichem Interesse.

»Na, die Fabrik, wo sie die Kletten verwenden. Weiß der Himmel, wofür sie die brauchen! Ich habe beide Schiffe damit vollgeladen. Ich mache Ihnen ein günstiges Angebot für den Posten. Einen Monat lang habe ich alle Männer, Frauen und Kinder in Dalesburg, die nichts zu tun hatten, zum Sammeln angehalten. Ich habe diese Schiffe gemietet, um sie herzubringen. Alle haben gedacht, ich bin verrückt. Sie können den ganzen Posten für fünfzehn Cent pro Pfund frei Hafen haben. Und wenn Sie mehr wollen, wird das alte Alabama wohl die Nachfrage befriedigen können. Johnny hat mir damals, als er wegging, gesagt, daß er mich einsteigen läßt, wenn er hier unten auf eine Sache stößt, bei der Geld zu machen ist. Soll ich die Schiffe hereinfahren und festmachen lassen?«

Ein Ausdruck höchsten, fast ungläubigen Entzückens dämmerte auf Keoghs rotem Gesicht. Er ließ den Bleistift fallen. Seine Augen richteten sich mit heller Freude auf den sonnengebräunten jungen Mann, in die sich jedoch ein wenig Angst mischte, seine jubelnde Begeisterung könne sich als ein bloßer Traum erweisen.

»Sagen Sie mir um Gottes willen«, fragte Keogh ernst, »sind Sie Dink Pawson?«

»Mein Name ist Pinkney Dawson«, antwortete der Spekulant auf dem Klettenmarkt.

Hingerissen glitt Billy Keogh sacht von seinem Stuhl auf seine Lieblingsstelle am Boden.

An diesem drückendheißen Nachmittag waren nur wenig Geräusche in Coralio zu vernehmen. Unter diesen ist das jauchzende sündhafte Gelächter erwähnenswert, das ein auf der Erde liegender Irischamerikaner ausstieß, während ein sonnengebräunter junger Mann mit schlauen Augen erstaunt und verwundert auf ihn niedersah. Und das Trapp-trapp-trapp vieler wohlbeschuhter Füße draußen auf den Straßen. Und der einsame Wellenschlag an dem historischen Strand von Spanish Main.

## Rouge et Noir

Es ist darauf hingewiesen worden, daß die Wahl Losadas zum Präsidenten Unzufriedenheit zur Folge hatte. Diese Stimmung wuchs. Ein Gefühl stummen, feindseligen Mißfallens schien die ganze Republik zu beseelen. Selbst die alte Liberale Partei, der Goodwin, Zavalla und andere Patrioten Unterstützung gewährt hatten, war enttäuscht. Losada war es nicht gelungen, ein Abgott des Volkes zu werden. Neue Steuern, neue Einfuhrzölle und – schlimmer als all das – seine Toleranz gegen die hanebüchene Unterdrückung der Bürger durch das Militär hatten ihn zum unbeliebtesten Präsidenten seit dem nichtswürdigen Alforan gemacht. In seinem eigenen Kabinett brachten ihm nur die wenigsten Sympathien entgegen. Die Armee, die er mit der Ermächtigung, eine Schreckensherrschaft zu üben, hofiert hatte, war seine wesentliche und bislang hinreichende Stütze gewesen.

Doch der unklügste Schritt seiner Regierung war, sich der Vesuvius Fruit Company entgegenzustellen, einem Unternehmen, das zwölf Dampfschiffe laufen hatte und über flüssiges und festes

Kapital verfügte, das größer war als die Überschüsse und Schulden von Anchuria zusammengenommen.

Verständlicherweise empörte es ein gesichertes Großunternehmen wie die Vesuvius, daß eine kleine Zwergrepublik ohne Rang und Namen einen Druck auf sie auszuüben suchte. Deshalb stießen die Regierungsvertreter auf höfliche Ablehnung, als sie um eine Hilfssteuer nachsuchten. Der Präsident schlug sofort zurück, indem er für jede Staude Bananen einen Ausfuhrzoll von einem Real festsetzte – eine in Obstländern noch nie dagewesene Sache. Die Vesuvius Company hatte große Summen in Ladekais und Plantagen längs der Küste von Anchuria investiert, ihre Agenten hatten sich in den Städten, in denen sie ihre Zentrale hatte, elegante Häuser eingerichtet und hatten bisher mit der Regierung in gutem Einvernehmen und zum beiderseitigen Vorteil gearbeitet. Sie würde eine enorme Summe einbüßen, wenn sie gezwungen wäre, aus dem Geschäft auszusteigen. Der Verkaufspreis für Bananen betrug von Vera Cruz bis Trinidad drei Real für die Staude. Dieser neue Zoll von einem Real hätte die Obstzüchter in Anchuria zugrunde gerichtet, und er hätte die Vesuvius Company, wenn sie nicht zu zahlen gewillt war, in ernstliche Schwierigkeiten gebracht. Doch aus irgendeinem Grunde kaufte die Vesuvius weiter Anchuria-

Früchte zu vier Real und ließ nicht die Züchter den Schaden haben.

Dieser scheinbare Sieg täuschte Seine Exzellenz, und er lechzte nach mehr. Er ließ durch einen Abgesandten um eine Unterredung mit einem Vertreter der Fruit Company ersuchen. Die Vesuvius schickte Mr. Franzoni, einen untersetzten, munteren kleinen Mann, der nie die Ruhe verlor und ständig Melodien aus Verdi-Opern pfiff. Señor Espiritión vom Finanzministerium versuchte stets die Interessen Anchurias mit Gewalt durchzudrükken. Die Begegnung fand in der Kajüte der »Salvador« von der Vesuviuslinie statt.

Señor Espiritión eröffnete die Verhandlung, indem er verkündete, die Regierung beabsichtige den Bau einer Eisenbahn längs der angeschwemmten Küstengebiete. Nachdem er auf die Vorteile hingewiesen hatte, die der Vesuvius durch eine solche Eisenbahnlinie erwachsen würden, rückte er mit der nachdrücklichen Andeutung heraus, daß ein Beitrag zu den Kosten der Eisenbahnlinie von – sagen wir, fünfzigtausend Peso nicht mehr als ein entsprechender Ausgleich für die erhaltenen Vorteile wäre.

Mr. Franzoni bestritt, daß seine Gesellschaft irgendwelche Vorteile von der geplanten Eisenbahn haben würde. Als ihr Vertreter müsse er es ablehnen, fünfzigtausend Peso beizusteuern. Allenfalls fünfundzwanzig zu offerieren, würde er sich anheischig machen.

Hatte Señor Espirition das so zu verstehen, daß Señor Franzoni fünfundzwanzigtausend Peso meine?

Durchaus nicht. Fünfundzwanzig Peso. Und in Silber, nicht in Gold.

»Ihre Offerte ist eine Beleidigung für meine Regierung!« rief Señor Espirition und stand empört auf.

»Dann«, sagte Mr. Franzoni warnend, *»werden wir sie ändern.«*

Die Offerte wurde nie geändert. Konnte Mr. Franzoni womöglich die Regierung gemeint haben?

So standen die Dinge in Anchuria, als gegen Ende des zweiten Losadaschen Regierungsjahres die Wintersaison in Coralio eröffnet wurde. Und es lag daher auf der Hand, daß die Ankunft des Präsidenten bei dem alljährlichen Auszug der Regierung und der vornehmen Gesellschaft an die Seeküste nicht mit unbegrenzter Freude gefeiert werden würde. Der zehnte November war für den Einzug der munteren Gesellschaft aus der Hauptstadt in Coralio festgesetzt. Eine Schmalspurbahn führt von Solitas aus zwanzig Meilen ins Innere des Landes. Die Regierungsmitglieder fahren gewöhnlich von San Mateo mit dem Wagen bis zum Ausgangspunkt dieser Linie und dann mit der Bahn weiter nach Solitas. Von hier aus ziehen sie in einer prächtigen Prozession nach Coralio, wo am Tage ihrer Ankunft viele Feste und Feierlichkeiten stattfinden. Doch diese Saison sah den zehnten November auf eine Weise heraufdämmern, die nichts Gutes verhieß.

Obwohl die Regenzeit vorbei war, schien der Tag in den dunstigen Juni zurückzueilen. Den ganzen Vormittag fiel ein feiner Nieselregen. In sonderbarem Schweigen schob sich die Prozession nach Coralio hinein.

Präsident Losada war ein älterer Mann mit grau-meliertem Bart, dessen zimtfarbene Haut einen erheblichen Anteil indianischen Bluts verriet. Sein Wagen fuhr an der Spitze des Festzuges, umringt und bewacht von Hauptmann Cruz und seiner berühmten Hundertschaft leichter Reiterei, der *El Ciento Huilando*. Oberst Rocas folgte mit einem Regiment der regulären Truppen.

Die scharfen Knopfaugen des Präsidenten hielten Ausschau nach der erwarteten Willkommenskundgebung, sahen sich jedoch einer sturen, gleichgültigen Menge von Bürgern gegenüber. Die Anchurier waren von Natur und aus Gewohnheit schaulustig, und sie erschienen bis zum letzten, der überhaupt kriechen konnte, um das Schauspiel zu sehen, bewahrten jedoch ein vorwurfsvolles Schweigen. Sie füllten die Straßen bis zu den Räderspuren, sie saßen auf den roten Ziegeldächern bis vorn an den Traufen, aber kein Viva! war von ihnen zu vernehmen. Keine Palmengirlanden und Zitronenzweige, keine prächtigen Ketten greller Papierrosen hingen von den Fenstern und Balkonen, so wie es Brauch war. Eine Gleichgültigkeit, eine drückende, widersetzliche Mißbilligung lag über allem, die um so unheilvoller wirkte, weil sie Rätsel aufgab. Niemand fürchtete einen Ausbruch, eine Empörung der Unzufriedenen, denn sie hatten keinen Führer. Der Präsident und seine Getreuen hatten nie auch nur einen Namen unter ihnen flüstern hören, der die Unzufriedenen zum Widerstand hätte kristallisieren können. Nein, Gefahr konnte nicht sein. Das Volk verschaffte sich stets einen neuen Abgott, ehe es einen alten stürzte.

Nachdem die rotbeschärpten Majore, goldbetreßten Obersten und die Generäle mit ihren Epauletten ausgiebig herumgaloppiert und -kurbettiert waren, ordnete sich schließlich die Prozession zu ihrem jährlichen Zug durch die Calle Grande zur Casa Morena, wo die Begrüßungsfeierlichkeit für den besuchenden Präsidenten ihren Verlauf zu nehmen pflegte.

Die Schweizer Musikbande führte die Marschkolonne an. Ihr folgte, stolz zu Roß, der Ortskommandant mit einer Abteilung seiner Truppen. Danach kam ein Wagen mit vier Kabinettsmitgliedern, darunter deutlich sichtbar der Kriegsminister, der alte General Pilar mit seinem weißen Schnurrbart und seiner soldatischen Haltung. Dann der Wagen des Präsidenten, in dem auch der Finanzminister und der Staatsminister Platz genommen hatten, begleitet von Hauptmann Cruz' leichter Reiterei in einer doppelten, dichten Viererreihe. Es folgten die übrigen Staatsbeamten, die Richter und hervorragenden militärischen und gesellschaftlichen Zierden des öffentlichen und privaten Lebens.

Als das Musikkorps einsetzte und der Zug in Bewegung kam, glitt die »Valhalla«, das schnellste Dampfschiff der Vesuviuslinie, für den Präsidenten und seinen Zug deutlich zu erkennen, wie ein Unglücksvogel in den Hafen. Natürlich lag in ihrer Ankunft nichts Bedrohliches – ein Geschäftsunternehmen fängt ja keinen Krieg gegen ein ganzes Land an –, dennoch mahnte sie Señor Espiritión und andere in den Wagen, daß die Vesuvius Fruit Company zweifellos etwas für sie in Reserve hatte.

Während die Spitze des Zuges das Regierungsgebäude erreichte, waren Kapitän Cronin von der »Valhalla« und Mr. Vincenti von der Vesuvius Company an Land gegangen und bahnten sich energisch, ausdauernd und gleichgültig ihren Weg durch die Menge auf dem engen Bürgersteig. In weißen Leinenanzügen, imposant, freundlich und mit einer Miene wohlgelaunter Autorität, waren sie auffallende Gestalten in der dunklen Masse der nichts von sich her machenden Anchurier, als sie sich bis auf ein paar Meter zu den Stufen der Casa Morena durcharbeiteten. Mit Leichtigkeit über die Köpfe der Menge hinwegsehend, erblickten sie noch einen, der die nicht eben großen Eingeborenen wie ein Turm überragte. Das war der Fuchskopf Dick Maloneys an der Mauer neben der untersten Stufe, und sein breites, gewinnendes Lachen zeigte, daß er sie erkannt hatte.

Dicky hatte sich, der feierlichen Gelegenheit angemessen, in einen gutsitzenden schwarzen Anzug geworfen. Pasa hielt sich an seiner Seite, den Kopf mit der unvermeidlichen schwarzen Mantilla bedeckt.

Mr. Vincenti blickte aufmerksam zu ihr hinüber.

»Botticellis Madonna«, bemerkte er feierlich. »Möchte wissen, wann sie in dem Spiel aufgetaucht ist. Gefällt mir gar nicht, seine dauernden Weibergeschichten. Ich wünschte, er würde sich von ihnen fernhalten.«

Kapitän Cronins Lachen lenkte beinahe die Aufmerksamkeit von der Parade ab.

»Mit dem Kopfputz von Haaren! Von den Frauen fernhalten! Und ein Maloney! Hat er nicht eine Lizenz bekommen? Aber Spaß beiseite, wie denken Sie über die Aussichten? Es ist eine Art Freibeuterei abseits von meinem Kurs.«

Vincenti blickte wieder auf Dickys Kopf und lächelte.

»*Rouge et noir*«, sagte er. »Das ist es. Machen Sie Ihr Spiel, meine Herren. Wir haben auf Rot gesetzt.«

»Sein Spiel«, sagte Cronin mit einem anerkennenden Blick auf die gelassen dastehende hohe Gestalt an der Treppe. »Aber mir kommt das alles wie eine Nachtvorstellung im Theater vor. Das Gerede ist hochtrabender als die Bühne, Gasgeruch liegt in der Luft, und sie sind ihre eigenen Zuschauer und Kulissenschieber.«

Sie hörten auf zu sprechen, denn General Pilar war aus dem ersten Wagen gestiegen und hatte sich auf die oberste Stufe der Casa Morena gestellt. Ihm, als dem ältesten Kabinettsmitglied, schrieb der Brauch vor, die Begrüßungsrede zu halten und dem Präsidenten im Vorhof die Schlüssel zur offiziellen Residenz zu überreichen.

General Pilar war einer der hervorragendsten Bürger der Republik. Held dreier Kriege und unzähliger Revolutionen, war er ein geehrter Gast an europäischen Höfen und in europäischen Feldlagern. Gewandter Redner und gut Freund mit dem Volk, repräsentierte er den höchsten Typus der Anchurier.

46

Die vergoldeten Schlüssel zur Casa Morena in der Hand, begann er seine Ansprache mit einem historischen Rückblick, wobei er auf die einzelnen Regierungsepochen einging und davon sprach, welche Fortschritte Zivilisation und Wohlstand vom ersten Ringen um Freiheit bis in die gegenwärtige Zeit gemacht haben. Als er zu dem Regime des Präsidenten Losada kam und nun, entsprechend dem Voraufgegangenen, eine Lobeshymne auf dessen weise Führung und das Glück des Volkes hätte singen sollen, hielt General Pilar inne. Schweigend hob er das Schlüsselbund hoch über den Kopf und betrachtete es nachdrücklich. Das Band, mit dem die Schlüssel zusammengehalten waren, flatterte im Wind.

»Es weht noch«, frohlockte der Sprecher. »Bürger von Anchuria, danket heute abend den Heiligen, daß unsere Luft noch frei ist.«

Mit diesen Worten tat er Losadas Regierung ab und kehrte unerwartet zu der Regierungszeit von Olivarra, Anchurias beliebtestem Präsidenten, zurück. Olivarra war vor neun Jahren in der Blüte seiner Jahre und seiner Schaffenskraft meuchlings ermordet worden. Eine von Losada angeführte Rotte der Liberalen Partei wurde damals der Tat beschuldigt. Ob schuldig oder nicht, es geschah acht Jahre vor dem Tag, da der ehrgeizige und intrigante Losada sein Spiel gewann.

Über dies Thema entfaltete General Pilar seine ganze Beredsamkeit. Mit liebender Hand malte er das Bild des segensreichen Olivarra. Er erinnerte das Volk an den Frieden, die Sicherheit und das Glück, deren es sich zu dieser Zeit erfreut hatte. In lebhaften Bildern und mit bedeutungsvollen Gegenüberstellungen rief er die Erinnerung an Präsident Olivarras letzten Winteraufenthalt in Coralio wach, als sein Erscheinen bei ihren Fiestas das Signal für donnernde Vivas der Liebe und des Beifalls gegeben hatte.

Zum erstenmal an diesem Tag ließ das Volk eine Gefühlsregung laut werden. Ein tiefes, anhaltendes Murmeln lief durch die Menge wie das Rollen der Brandung an der Küste.

»Zehn Dollar gegen ein Dinner im Saint Charles, daß Rouge gewinnt«, sagte Mr. Vincenti.

»Ich wette nie gegen meine eigenen Interessen«, entgegnete Kapitän Cronin und zündete sich eine Zigarre an. »Ziemlich langatmig für seine Jahre, der alte Knabe. Wovon redet er?«

»Mein Spanisch beläuft sich auf etwa zehn Wörter in der Minute«, antwortete Vincenti, »er macht annähernd zweihundert. Aber was er auch sagen mag, sie werden warm.«

»Freunde und Brüder«, sagte General Pilar, »könnte ich heute über das beklagenswerte Grabesschweigen hinweg meine Hand nach Olivarra ›dem

Guten‹ ausstrecken, nach dem Präsidenten, der einer der Euren war, der Tränen um eure Sorgen vergoß und eure Freuden mit einem Lächeln begleitete – ich würde ihn euch zurückbringen, aber – Olivarra ist tot – tot durch die Hand eines feigen Mörders!«

Der Sprecher wandte sich und blickte unerschrocken in den Wagen des Präsidenten. Sein Arm blieb ausgestreckt, als wolle er dadurch seinen letzten Satz unterstreichen. Entsetzt lauschte der Präsident dieser merkwürdigen Begrüßungsansprache. Er war auf seinen Sitz zurückgesunken, bebend vor Wut und stummem Staunen, seine dunklen Hände krallten sich in die Wagenpolster.

Halb aufstehend reckte er einen Arm gegen den Redner und rief Hauptmann Cruz ein barsches Kommando zu. Der Führer der »fliegenden Hundertschaft« saß mit untergeschlagenen Armen unbeweglich auf seinem Pferd und ließ durch kein Zeichen erkennen, daß er ihn gehört habe. Losada sank wieder zurück, und sein dunkles Gesicht wurde merklich bleich.

»Wer sagt, daß Olivarra tot ist?« rief plötzlich der Redner mit einer Stimme, die ungeachtet seines Alters wie eine Schlachttrompete dröhnte. »Sein Leib liegt im Grabe, doch seinen Geist hat er seinem geliebten Volk als Erbe hinterlassen – mehr noch – sein Wissen, seinen Mut, seine Güte – mehr noch –

seine Jugend, sein Ebenbild. – Volk von Anchuria, hast du Ramon vergessen, den Sohn Olivarras?«

Cronin und Vincenti, die genau aufpaßten, sahen plötzlich, wie Dick Maloney den Hut zog, den zottigen Schopf roter Haare herunterriß, die Stufen hinaufsprang und sich neben General Pilar stellte. Der Kriegsminister legte den Arm um die Schultern des jungen Mannes. Und nun sahen alle, die den Präsidenten Olivarra gekannt hatten, wieder die gleiche Löwengestalt, das gleiche offene, unerschrockene Gesicht, die gleiche hohe Stirn mit dem eigentümlichen Ansatz vollen und krausen schwarzen Haares.

General Pilar war ein geübter Redner. Er benutzte den Augenblick atemlosen Schweigens, das dem Sturm voraufging.

»Bürger von Anchuria«, trompetete er und hielt die Schlüssel zur Casa Morena in die Höhe, »ich bin hier, um diese Schlüssel – die Schlüssel zu euern Heimen und zu eurer Freiheit – dem von euch gewählten Präsidenten zu übergeben. Soll ich sie Enrico Olivarras Mörder oder seinem Sohn aushändigen?«

»Olivarra! Olivarra!« schrie und heulte die Menge. Alle brüllten den Zaubernamen – Männer, Frauen, Kinder und die Papageien.

Und die Begeisterung hatte nicht nur dem Pöbel das Blut in Wallung gebracht. Oberst Rocas stieg die Treppe hinauf und legte dem jungen Ramon Olivarra mit theatralischer Gebärde seinen Degen vor die Füße. Vier Kabinettsmitglieder umarmten ihn. Hauptmann Cruz gab ein Kommando, und zwanzig *El Cliento Huilando* saßen ab und bildeten einen Kordon um die Treppe zur Casa Morena.

Ramon Olivarra nahm indes den Augenblick wahr, um sich als Genie und geborener Politiker zu erweisen. Er hieß die Soldaten mit einer Handbewegung beiseite treten und schritt die Stufen hinab auf die Straße. Dort zog er, ohne seine Würde oder die bemerkenswerte Vornehmheit einzubüßen, die ihn der Verlust der roten Haare eingetragen hatte, das Proletariat an die Brust – die Barfüßigen, die Schmutzigen, Indianer, Kariben, kleine Kinder, Bettler, Alte, Junge, Heilige, Soldaten und Sünder –, keinen ließ er aus.

Während dieser Akt des Dramas abrollte, waren die Kulissenschieber mit den ihnen zugewiesenen Obliegenheiten beschäftigt. Zwei von Cruz' Reitern hatten die Zügel von Losadas Pferden gepackt, andere formierten sich als strenge Wache um den Wagen, und so galoppierten sie mit dem Tyrannen und seinen beiden unbeliebten Ministern davon. Zweifellos war ihr Verbleib schon vorbereitet. In Coralio gibt es eine Menge wohlvergitterter Steingemächer.

»Rouge gewinnt«, sagte Mr. Vincenti und zündete sich gelassen eine neue Zigarre an.

Kapitän Cronin hatte eine Weile aufmerksam die Umgebung der Steintreppe beobachtet.

»Anständiger Junge!« rief er plötzlich wie erleichtert. »Ich war doch neugierig, ob er seine Kathleen Mavoureen vergessen würde.«

Der junge Olivarra war die Stufen wieder hinaufgesprungen und hatte General Pilar ein paar Worte zugeraunt. Und der von allen geachtete Haudegen stieg hinab und begab sich zu Pasa, die mit verwunderten Augen noch immer an der Stelle stand, wo Dicky sie verlassen hatte. Den federgeschmückten Hut in der Hand, mit den auf seiner Brust glänzenden Medaillen und Auszeichnungen, sprach der General zu ihr und reichte ihr den Arm, und zusammen stiegen sie die Steintreppe zur Casa Morena hinauf. Dort trat Ramon Olivarra vor und nahm sie vor allem Volk bei den Händen. Und während überall aufs neue der Beifall ausbrach, kehrten sich Kapitän Cronin und Mr. Vincenti ab und gingen zum Strand zurück, wo das Ruderboot auf sie wartete.

»Morgen früh wird es also einen neuen *presidente proclamada* geben«, sagte Mr. Vincenti nachdenklich. »Gewöhnlich sind sie nicht so zuverlässig wie die gewählten; aber dieser Junge scheint was los zu haben. Das ganze Manöver hat er geplant und geleitet. Olivarras Witwe war reich. Als man ihren Mann ermordet hatte, ging sie in die Staaten und ließ ihren Sohn an der Universität Yale erziehen. Die Vesuvius Company spürte ihn auf und unterstützte ihn in dem Spielchen.«

»Es ist doch eine herrliche Sache«, sagte Cronin halb im Scherz, »daß man heutigentags eine Regierung absetzen und dafür eine nach seiner eigenen Wahl einsetzen kann.«

»Oh, das ist nur ein Geschäft«, sagte Vincenti, blieb stehen und bot einem Affen, der sich von einem Zitronenbaum herabschwang, seinen Zigarrenstummel an, »und Geschäfte sind es, die heutzutage die Welt bewegen. Dieser Aufschlag von einem Real auf den Bananenpreis mußte weg. Wir haben den kürzesten Weg gewählt, ihn zu beseitigen.«

## Die Straßen, die wir wählen

Zwanzig Meilen westlich von Tucson hielt der »Sunset Express« an einem Tank, um Wasser zu nehmen. Außer der nassen Fracht sackte sich die Lokomotive des berühmten Blitzzuges noch andere Dinge auf, die nicht gut für sie waren.

Während der Heizer den Speiseschlauch herabließ, krochen Bob Tidball, »Hai« Dodson und ein Viertelblut-Creekindianer mit Namen John Dicker Hund auf die Lokomotive und zeigten dem Lokomotivführer drei runde Mündungen der Kanonen, die sie mithatten. Diese Mündungen beeindruckten den Lokomotivführer so sehr, daß er beide Arme mit einer Bewegung hob, wie sie sonst den Ausruf »Na so was!« begleitet.

Auf den unmißverständlichen Befehl »Hai« Dodsons, der an der Spitze der angreifenden Streitmacht stand, stieg der Lokomotivführer herunter und koppelte die Lokomotive samt Tender ab. Dann hockte sich John Dicker Hund oben auf die Kohlen und richtete spielerisch zwei Schießeisen auf den Maschinisten und den Heizer, mit der Empfehlung, die Lokomotive fünfzig Schritt laufen zu lassen und weitere Kommandos abzuwarten.

»Hai« Dodson und Bob Tidball, die es unter ihrer Würde erachteten, so gehaltloses Erz wie die Passagiere zu verhütten, stürzten sich gleich auf das reiche Nest des Postwagens. Sie fanden den begleitenden Postbeamten ruhig und heiter in dem Glauben, der »Sunset Express« nehme nichts Kitzligeres und Gefährlicheres als *aqua pura* zu sich.

Während Bob ihm mit dem Kolben seines Sechsschüssigen diese Vorstellung aus dem Kopf schlug, gab »Hai« Dodson dem Postsafe bereits Dynamit zu schlucken.

Der Safe explodierte mit einer Resonanz bis zum Betrage von dreißigtausend Dollar, alles in Gold und gültiger Währung. Die Passagiere streckten beiläufig den Kopf zum Fenster hinaus, um nach der Gewitterwolke zu sehen. Der Schaffner riß an der Klingelleine, die nach dem Ruck lose und haltlos herabhing. »Hai« Dodson und Bob Tidball ließen sich, die Beute in einem festen Leinensack, aus dem Postwagen fallen und rannten schwerfällig in ihren hochhackigen Stiefeln zu der Lokomotive.

Der wütende, aber vernünftige Lokomotivführer ließ die Maschine, wie ihm befohlen, in schnellem Tempo von dem bewegungslosen Zug fortlaufen. Doch ehe das vollbracht war, sprang der Postbeamte, der sich inzwischen von Bob Tidballs Bekehrung zur Neutralität erholt hatte, mit einer Winchesterbüchse aus dem Wagen und beteiligte sich an dem Spiel. Ohne es zu wissen, spielte Mr. John Dicker Hund, der auf dem Kohlentender saß, eine verkehrte Karte aus, indem er sich als Zielscheibe gebärdete, und der Postbeamte war ihm über. Mit einer genau zwischen den Schulterblättern sitzenden Kugel rollte der Creekglücksritter zu Boden und vergrößerte dadurch die Beuteanteile seiner Kameraden um je ein Sechstel.

Zwei Meilen vom Tank entfernt mußte der Lokomotivführer halten.

Die Räuber winkten einen herausfordernden Abschiedsgruß und tauchten einen steilen Abhang hinab in die dichten Wälder, die sich am Schienenstrang entlangzogen. Fünf Minuten krochen sie durch dichtes Dornengestrüpp und gelangten dann auf eine Lichtung, wo drei Pferde an tiefhängenden Ästen angebunden standen. Eins wartete auf John Dicker Hund, der nie wieder, weder bei Tag noch bei Nacht, reiten würde. Die Räuber nahmen diesem Tier Sattel und Zaumzeug ab und ließen es laufen. Dann stiegen sie, den Sack über einen Sattelknopf gelegt, auf die beiden anderen und ritten schnell und vorsichtig durch den Wald und eine urzeitliche, einsame Schlucht hinauf. Hier rutschte das Pferd, auf dem Bob Tidball saß, auf einem moosbewachsenen Felsblock aus und brach sich ein Vorderbein. Sie schossen es durch den Kopf und setzten sich nieder, um über die Flucht zu beraten.

Da sie sich im Augenblick dank der verschlungenen Pfade, die sie geritten waren, in Sicherheit fühlten, war die Zeitfrage nicht mehr so brennend. Viele Meilen und Stunden lagen zwischen ihnen und dem schnellsten Aufgebot an Konstablern, die sie verfolgen könnten. »Hai« Dodsons Pferd, mit nachschleppender Leine und hängendem Zügel, schnaubte und knabberte dankbar an dem Ufergras des Stromes in der Schlucht. Bob Tidball machte den Sack auf und zog mit beiden Händen die sauberen Banknotenpäckchen und den Beutel mit Gold heraus und kicherte mit kindlichem Vergnügen.

»Na, du alter Quadratpirat«, rief er Dodson fröhlich zu, »du hast gesagt, wir können die Sache machen – du hast einen Kopf fürs Geldmachen, der alles und jedes in Arizona übertrifft.«

»Wie sollen wir ein Pferd für dich beschaffen, Bob? Ewig können wir hier nicht warten. Vor der Morgendämmerung werden sie uns auf der Spur sein.«

»Oh, ich denke, dein Mustang wird auch eine Weile zwei tragen«, antwortete der zuversichtliche Bob. »Das erste Tier, das uns in den Weg läuft, werden wir annektieren. Heiliger Strohsack, da haben wir aber mal einen Fang gemacht, was? Nach den Banderolen sind es dreißigtausend Dollar – also für jeden fünfzehntausend!«

»Es ist nicht so viel, wie ich erwartet habe«,

sagte »Hai« Dodson und stieß sacht mit der Stiefelspitze an die Bündel. Dann blickte er nachdenklich auf die feuchten Flanken seines müden Pferdes.

»Der alte Bolivar ist mächtig nahe am Zusammenklappen«, sagte er langsam. »Ich wünschte, dein Rotfuchs hätt' sich nichts getan.«

»Ich auch«, meinte Bob freundlich, »aber daran kann ich nun nichts ändern. Bolivar steht über viel Boden – er wird uns beide weit genug bringen, daß wir zu frischen Pferden kommen. Verdammt, Hai, ich muß immer daran denken, wie ulkig es doch ist, daß einer wie du aus dem Osten hierherkommen kann und uns Kerlen aus dem Westen Karten und Trümpfe für das Desperadogeschäft in die Hand gibt. Aus welcher Gegend im Osten bist du eigentlich?«

»Staat New York«, antwortete »Hai« Dodson, setzte sich auf einen Felsblock und kaute an einem Ast. »Geboren bin ich auf einer Farm im Distrikt Ulster. Als ich siebzehn war, bin ich von zu Hause weggelaufen. Daß ich in den Westen kam, war ein reiner Zufall. Ich bin da so mit meinem Kleiderbündel die Straße langgewandert und wollte nach New York. Irgendwie hatt' ich es mir in den Kopf gesetzt, dahin zu gehen und einen Haufen Geld zu verdienen. Ich hab' immer gedacht, daß ich das könnte. Eines Abends bin ich dann an eine Stelle gekommen, wo sich die Straße gabelte, und ich wußte nicht, welchen Weg ich nehmen sollte. Eine halbe Stunde habe ich darüber nachgedacht, und dann nahm ich den zur Linken. In der Nacht stieß ich auf das Lager einer Wildwest-Show, die in den Kleinstädten 'rumreiste, und mit der bin ich nach Westen weitergezogen. Ich hab' mich oft gefragt, ob ich nicht anders geworden wär', wenn ich die andere Straße genommen hätte.«

»Ach, ich denke, es wäre bei dir auf dasselbe herausgekommen«, sagte Bob Tidball mit heiterem Gleichmut. »Es sind nicht die Straßen, die wir wählen, es ist das Inwendige in uns, was uns so macht.«

»Hai« Dodson stand auf und lehnte sich an einen Baum.

»Es wär' mir 'n ganz Teil lieber, wenn deinem Rotfuchs nichts passiert wär'«, sagte er wieder, fast pathetisch.

»Ganz meinerseits«, gab Bob zu, »bestimmt ist er ein erstklassiges Krähenfutter. Aber Bolivar wird uns schon prima durchbringen. Ich glaube, wir sollten uns jetzt lieber davonmachen, was, Hai? Ich werde das Zeug wieder einsacken, und wir werden uns irgendwie zu einem lichteren Wald durchschlagen.«

Bob Tidball steckte die Beute in den Sack zurück und schnürte ihn fest mit einem Strick zu. Als er aufsah, erblickte er als auffälligsten Gegenstand die Mündung von »Hai« Dodsons Revolver, den dieser, ohne zu zittern, auf ihn gerichtet hielt.

»Laß deine Witze«, sagte Bob grinsend. »Wir müssen uns aus dem Staube machen.«

»Halt den Rand«, entgegnete Hai. »Du wirst dich nicht mehr aus dem Staube machen, Bob. Es fällt mir verdammt schwer, dir das zu sagen, aber nur einer von uns hat eine Chance. Bolivar ist mächtig abgehetzt, zwei kann er nicht tragen.«

»Wir beide, ›Hai‹ Dodson, sind drei Jahre lang Freunde gewesen«, sagte Bob ruhig. »Noch und noch haben wir zusammen unser Leben aufs Spiel gesetzt. Ich bin immer ehrlich zu dir gewesen, und ich hab' gedacht, du bist ein Mann. Ich hab' ja ein paar komische Geschichten über dich gehört, daß du ein paar Leute auf eigentümliche Art niedergeschossen hast, aber ich hab' nie so recht daran geglaubt. Wenn du dir jetzt einen Spaß mit mir machen willst, Hai, steck dein Schießeisen weg, wir setzen uns auf Bolivar und hauen ab. Wenn du wirklich schießen willst – dann schieß, du dreckiger Hund!«

»Hai« Dodsons Gesicht hatte einen überaus kummervollen Ausdruck.

»Du kannst dir nicht vorstellen, wie mir das an die Nieren geht, daß sich dein Rotfuchs das Bein gebrochen hat, Bob«, seufzte er.

Im nächsten Augenblick verwandelte sich der Ausdruck in Dodsons Gesicht in kalte Grausamkeit, die mit unerbittlicher Habgier vermischt war. Sekundenlang blickte seine Seele hindurch wie ein böses Gesicht im Fenster eines achtbaren Hauses.

Bob Tidball sollte sich wirklich nie wieder »aus dem Staube machen«. Der mörderische Revolver des falschen Freundes krachte und erfüllte die Schlucht mit einem Brüllen, das mit empörten Echos von den Wänden zurückgeschleudert wurde. Und der unwissende Komplice Bolivar trug den letzten Plünderer des »Sunset Express« geschwind davon, und es wurde ihm nicht Gewalt angetan, »doppelt zu tragen«.

Doch wie »Hai« Dodson durch die Wälder dahingaloppierte, schienen sie vor seinem Blick zu verschwimmen; der Revolver in seiner Rechten verwandelte sich in die geschwungene Armlehne eines Mahagonisessels; sein Sattel war sonderbarerweise gepolstert, und als er die Augen öffnete, sah er seine Füße nicht in den Steigbügeln, sondern bequem auf der Kante eines gemaserten Eichentisches ruhen.

Ich will euch bloß sagen, daß Dodson, Firma Dodson & Decker, Makler in der Wallstreet, seine Augen aufmachte. Der Prokurist Peabody stand neben seinem Stuhl und wollte nicht recht mit der Sprache heraus. Ein verworrenes Räderrollen drang von unten herauf, und der Ventilator surrte einschläfernd.

»Ahem! Peabody«, sagte Dodson blinzelnd. »Ich muß eingeschlafen sein. Ich habe einen sehr sonderbaren Traum gehabt. Was ist, Peabody?«

»Mister Williams, Sir, von Tracy und Williams, ist draußen. Er möchte gern das Geschäft in XYZ perfekt machen. Sie erinnern sich, Sir, er ist in große Absatzschwierigkeiten geraten.«

»Ja, ich erinnere mich. Wie notieren XYZ heute, Peabody?«

»Einsfünfundachtzig, Sir.«

»Dann muß er soviel zahlen.«

»Entschuldigen Sie, daß ich davon rede«, sagte Peabody sichtlich nervös, »aber ich habe mit Williams gesprochen. Er ist ein alter Freund von Ihnen, Mister Dodson, und praktisch haben Sie die Majorität von XYZ. Ich dachte, Sie könnten – das heißt, ich dachte, vielleicht würden Sie sich nicht erinnern, daß er Ihnen den ganzen Aktienvorrat zu achtundneunzig verkauft hat. Wenn er zum Börsenkurs abschließt, wird er jeden Cent hergeben müssen, den er besitzt, und außerdem wird es ihn noch sein Haus kosten.«

Der Ausdruck von Dodsons Gesicht verwandelte sich augenblicklich in kalte Grausamkeit, die mit unerbittlicher Habgier vermischt war. Sekundenlang blickte seine Seele hindurch wie ein böses Gesicht im Fenster eines achtbaren Hauses.

»Er wird einsfünfundachtzig bezahlen«, sagte Dodson. »Zwei kann Bolivar nicht tragen.«

## Unschuldsengel vom Broadway

»Ich gedenke mich eines Tages vom Geschäft zurückzuziehen«, sagte Jeff Peters, »und wenn es soweit ist, soll mir keiner nachsagen können, ich hätte je einem Menschen auch nur einen Dollar abgeknöpft, ohne ihm dafür ein quid pro rata zu geben. Noch stets habe ich es fertiggebracht, dem Kunden irgendeinen Schnickschnack zu hinterlassen, den er sich in seinen Sammelhefter kleben oder hinter die Seth-Thomas-Uhr stecken konnte, nachdem wir handelseinig geworden waren.

Einmal war ich nahe daran, diesem meinem Grundsatz untreu zu werden und eine schändliche, unrühmliche Tat zu begehen, aber die Gesetze und Statuten unseres großen, nützlich eingerichteten Landes haben mich davor bewahrt.

Eines Sommers fuhren wir beide, ich und mein Partner Andy Tucker, nach New York, um uns mit dem Jahresvorrat an Kleidung und Herrenausstattung zu versehen. Wir waren immer prächtig in Schale und sahen nicht auf den Pfennig, da wir fanden, daß wir in unserm Beruf mit dem piekfeinen Äußeren weiter kamen als mit allem andern, ausgenommen vielleicht mit unserer genauen Kenntnis der Eisenbahnfahrpläne und einem handsignierten Photo des Präsidenten, das uns Loeb – wahrscheinlich irrtümlicherweise – geschickt hatte. Andy hatte mal einen Artikel über Tiere geschrieben und eingeschickt, die, wie er viele Male gesehen hatte, statt mit dem Drilling, mit der Falle erlegt worden waren. Und statt *Drilling* muß Loeb wohl *Drillinge* gelesen haben, und da schickte er das Photo. Jedenfalls diente es uns vortrefflich, um es den Leuten als Garantie unserer Rechtschaffenheit vorzuweisen.

Ich und Andy hatten nie große Lust, in New York Geschäfte zu tätigen. Das roch uns zu sehr nach Aasjägerei. In der Stadt auf Dummenfang gehen ist wie Barsche in einem Texas-See mit Dynamit fischen. Ganz egal wo zwischen dem North und East River, man braucht sich nur mit einem offnen Beutel auf die Straße zu stellen, auf dem geschrieben steht *Geldbündel hier einwerfen, Schecks und Kleingeld werden nicht genommen.* Man hat einen Schutzmann bei der Hand, der den Zollbeamten eins aufs Haupt gibt, wenn sie sich mit Postbestellungen und kanadischem Geld befassen wollen, und das ist alles, was New York einem Jäger zu bieten hat, der sein Waidwerk liebt. Deshalb pflegten wir beide, ich und Andy, nur die Natur der Stadt zu erkunden. Wir holten unsere Fernröhren heraus und beobachteten die Gimpel längs der Broadway-Sümpfe, wie sie sich ihre gebrochenen Beine in Gips packten, und machten uns leise davon, ohne auch nur einen Schuß abzugeben.

Eines Tages machten ich und Andy in dem Pappmachépalmenraum einer etwa acht Zoll vom Broadway entfernt in einer Seitengasse gelegenen Chloralhydrat- und Opiumagentur gezwungenermaßen die Bekanntschaft eines New-Yorkers. Wir tranken zusammen unser Bier, bis wir die Entdeckung machten, daß wir alle drei einen Mann namens Hellsmith kannten, der für eine Ofenfabrik in Duluth reiste. Dies gab uns Anlaß zu der Bemerkung, daß die Welt doch sehr klein sei, und dann zerriß unser New-Yorker die Banderole, entfernte das Stanniolpapier und die Exzelsiorverpackung und enthüllte uns seine elenden Materien, angefangen bei der Zeit, als er noch dort, wo jetzt die Tammany Hall steht, den Indianern Schnürsenkel verkaufte.

Dieser New-Yorker hatte sein Geld mit einem Zigarrenladen in der Beekman Street verdient und war in zehn Jahren nicht über die Fourteenth Street hinausgekommen. Überdies trug er einen Backenbart, und die Zeit war vorbei, da ein echter Sportsmann einem Menschen mit Backenbart etwas antat. Kein Geschäftemacher, es sei denn ein Junge, der für eine Illustrierte Abonnenten warb, um eine

Luftbüchse als Preis zu gewinnen, oder eine Witwe, hätten den Mut, es mit dem Mann zu versuchen, der mit der Rasur zurückgeblieben ist. Er war ein typischer Stadt-Reub..., und ich möchte wetten, der Mann war seit fünfundzwanzig Jahren nicht außer Sicht der Wolkenkratzer gekommen.

Na schön, da zieht doch dieser Hinterwäldler aus der Metropole ein Bündel Banknoten heraus, das mit einem alten blauen Ärmelhalter fest zusammengebunden ist, und zeigt es vor.

›Das sind fünftausend Dollar, Mister Peters‹, sagt er und schiebt sie mir über den Tisch zu, ›die habe ich mir in fünfzehn Geschäftsjahren zusammengespart. Stecken Sie das Geld in Ihre Tasche, Mister Peters, und heben Sie es mir auf. Ich bin so froh, euch Herren aus dem Westen getroffen zu haben, und könnte vielleicht einen Tropfen über den Durst genehmigen. Ich möchte, daß Sie auf mein Geld aufpassen. Und jetzt wollen wir noch ein Bier trinken.‹

›Sie sollten es lieber selber aufbewahren‹, sage ich. ›Wir sind für Sie Fremde, und Sie können nicht jedem vertrauen, den Sie treffen. Stecken Sie Ihr Geldbündel wieder in Ihre Tasche‹, sage ich. ›Und dann sollten Sie lieber nach Hause gehn, ehe so ein Klutentreter von den Tiefebenen am Kaw River hier hereinkommt und Ihnen eine Kupfermine verkauft.‹

›Ach, ich weiß nicht‹, sagt Backenbart, ›ich denke mir, das kleine alte New York kann selber auf sich aufpassen. Ich denke mir, wenn ich einen sehe, weiß ich schon, ob er es ehrlich meint. Die Leute aus dem Westen habe ich immer ganz in Ordnung gefunden. Tun Sie mir bitte den Gefallen, Mister Peters‹, sagt er, ›und heben Sie mir das Geldbündel in Ihrer Tasche auf. Wenn ich einen sehe, weiß ich schon, ob er ein Gentleman ist. Und jetzt wollen wir noch ein Bier trinken.‹

Nach ungefähr zehn Minuten lehnt sich dieser Mannaregen in seinen Stuhl zurück und fängt an zu schnarchen. Andy sieht mich an und sagt: ›Ich glaube, ich bleibe lieber noch fünf Minuten oder so bei ihm, falls der Kellner 'reinkommt.‹

Ich ging durch die Seitentür hinaus und schlenderte einen halben Block weit die Straße hinauf. Dann kam ich zurück und setzte mich wieder an den Tisch.

›Andy‹, sage ich, ›ich kann nicht. Das riecht mir zu sehr nach Steuerhinterziehung. Ich kann nicht mit dem Geld von diesem Mann fortgehen, ohne es durch irgend etwas verdient zu haben, wie zum Beispiel, daß ich mir das Konkursgesetz zunutze mache oder ihm eine Flasche Ekzemwasser in die Tasche stecke, damit es mehr wie ein ehrlicher Handel aussieht.‹

›Na ja‹, sagt Andy, ›es ist ein bißchen happig für

den Berufsstolz, mit der Barschaft eines bärtigen Freundes loszuziehen, zumal er dich in der einfältigen Sorglosigkeit seiner städtischen Vertrauensseligkeit zum Wächter seines Geldbündels bestellt hat. Ich denke, wir wecken ihn und sehen zu, ob wir nicht irgendeine Geschäftspraktik austüfteln können, die es ihm ermöglicht, uns sowohl das Geld wie auch eine gute Entschuldigung zu geben.‹

Wir wecken also Backenbart. Er reckt sich und gähnt die Vermutung heraus, er müsse wohl eine Minute eingenickt sein. Und dann sagt er, er hätte eigentlich nichts gegen ein Gentlemanspielchen Poker. Er habe hin und wieder gespielt, als er die höhere Schule in Brooklyn besuchte, und da das schon eine ganze Weile her sei – na, und so weiter.

Andy verklärt sich bei diesen Worten etwas, denn es sieht so aus, als könnten wir dadurch unsere finanziellen Schwierigkeiten lösen. So gehen wir also alle drei in unser Hotel, weiter unten am Broadway, und lassen uns in Andys Zimmer Karten und Spielmarken bringen. Ich versuchte noch einmal, dies Baby im Botanischen Garten dazu zu bewegen, daß er seine fünftausend nahm. Aber nichts war.

›Heben Sie mir den kleinen Packen auf, Mister Peters‹, sagt er, ›tun Sie mir den Gefallen. Ich werde Sie darum bitten, wenn ich das Geld brauche. Sie können mir glauben, ich weiß schon, wenn ich unter Freunden bin. Ein Mann, der zwanzig Jahre lang in der Beekman Street, genau im Herzen des weisesten alten Dörfchens auf Erden, sein Geschäft betrieben hat, sollte wohl wissen, woran er ist. Ich denke doch, daß ich einen Gentleman von einem Bauernfänger oder Gauner unterscheiden kann. Ich habe noch etwas Kleingeld einstecken – für den Anfang wird das, glaube ich, reichen.‹

Darauf durchsucht er seine Taschen und läßt Zwanzigdollarscheine mit Golddeckung auf den Tisch regnen, bis der wie ein Zehntausenddollargemälde *Herbsttag in einem Zitronenwäldchen* von Turner aussieht, das man in den Salons findet. Andy lächelte beinahe.

Bei der ersten Runde, die ausgeteilt wurde, schlägt dieser Boulevardier mit der Hand auf den Tisch, meldet Lusche, Bube und volles Haus und scharrt den Topf ein.

Andy war immer stolz auf sein Pokern. Er stand vom Tisch auf und blickte traurig durch das Fenster auf die Straßenbahnen.

›Nun, meine Herren‹, sagt der Zigarrenmann, ›ich mache Ihnen keinen Vorwurf daraus, daß Sie nicht spielen wollen. Ich glaube, die Feinheiten des Spiels habe ich vergessen, weil es schon so lange her ist, daß ich mich damit befaßte. Sagen Sie, wie lange werden Sie in der Stadt bleiben?‹

Ich antwortete ihm, ungefähr noch eine Woche.

Er sagte, das passe ihm wunderbar. Heute abend komme sein Vetter aus Brooklyn 'rüber, und sie wollten sich die Sehenswürdigkeiten von New York besehen. Sein Vetter, sagte er, handle mit künstlichen Gliedern und Bleisärgen und sei seit acht Jahren nicht über die Brücke gekommen. Sie erhofften sich den Höhepunkt ihres Lebens, und dann schloß er mit der Bitte, ich möchte ihm das Geldbündel bis zum nächsten Tag aufheben. Ich versuchte ihn zu überreden, es an sich zu nehmen, aber die bloße Erwähnung kränkte ihn schon.

›Ich nehme, was ich an Kleingeld habe‹, sagt er. ›Und das andere bewahren Sie mir auf. Morgen nachmittag gegen sechs oder sieben werde ich bei Ihnen und Mister Tucker vorbeikommen‹, sagt er, ›und dann essen wir zusammen Abendbrot. Sein Sie nett.‹

Nachdem Backenbart gegangen war, sah mich Andy neugierig und zweifelnd an.

›Na ja. Jeff‹, sagt er, ›sieht so aus, als ob die Raben uns zwei Eliasse so hartnäckig zu füttern versuchen, daß wir es mit dem Vogelschutzbund zu tun kriegen, wenn wir sie noch mal abweisen. Man soll die Krone nicht zu oft beiseite schieben. Ich weiß, das ist so was wie Fatalismus, aber meinst du nicht auch, die günstige Gelegenheit hat sich bei dem dauernden Klopfen an unsere Tür schon die Haut von den Knöcheln geklopft?‹

Ich lege die Füße auf den Tisch und stecke die Hände in die Taschen, eine Haltung, die leichtfertigen Gedanken abhold ist.

›Andy‹ sage ich, ›dieser Mann mit dem Zauselbart hat uns in eine blöde Lage gebracht. Wir können uns mit seinem Geld nicht rühren. Wir beide, du und ich, haben ein Gentleman's Agreement mit dem Glück, das wir nicht brechen können. Wir haben unsere Geschäfte im Westen getätigt, wo das Spiel fairer ist. Die Leute, denen wir da das Fell über die Ohren ziehen, versuchen dasselbe bei uns, sogar die Farmer und die Leute, die von Zeitschriften losgeschickt werden, um Goldfields anzupreisen. Aber in der Stadt New York gibt es wenig Jagdvergnügen für Angel, Rolle und Büchse. Hier jagen sie bloß mit zwei Dingen – entweder mit einem Totschläger oder mit einem Empfehlungsschreiben. Die Stadt ist so mit Karpfen vollgestopft, daß alle angelbaren Fische ausgewandert sind. Wenn du hier ein Netz auswirfst, dann fängst du normale Doofköppe, die vom Herrgott für den Fang vorgesehen sind – freche Jungs, die alles wissen; flotte Jungs mit wenig Kleingeld und dem Nerv, anderer Leute Spiel zu machen; Straßenvolk, das sich ein Vergnügen daraus macht, ein paar Dollars loszuwerden, und Dorfklugscheißer, die haargenau wissen, wo die kleine Erbse ist. Nein, mein Herr‹, sage ich. ›Wovon die Geschäftemacher hier leben, sind Witwen und Waisen und Ausländer, die einen Sack voll Geld sparen und ihn an der erstbesten Kasse mit einem Eisengeländer drum 'rum abgeben, und Fabrikmädchen und kleine Ladenbesitzer, die nie aus dem Block herauskommen, in dem sie zu tun haben. Das sind hier die Dummen. Sie sind nichts weiter als Sardinen in der Dose, und um sie zu fangen, brauchst du als Köder bloß ein Taschenmesser und einen Flaschenöffner.

Und dieser Zigarrenmann‹, fahre ich fort, ›ist genau einer von den Typen. Zwanzig Jahre lebt er in einer Straße, ohne auch nur so viel mitzukriegen, wie du bei einemmal Überrasieren von einem Barbier mit Kinnbackenkrampf in einer Durchgangsstadt in Kansas mitkriegen würdest. Aber es ist ein New-Yorker, und damit wird er die ganze Zeit prahlen, wenn er nicht gerade elektrisch geladene Drähte aufhebt oder vor Straßenbahnen gerät oder Telephonabhörer auszahlen muß oder unter einen Geldschrank zu stehen kommt, der in einen Wolkenkratzer hochgehievt wird. Wenn ein New-Yorker auftaut‹, sage ich, ›dann ist das wie die Auflösung des Packeises auf dem Alleghany River im Frühling. Wenn du ihm nicht aus dem Wege gehst, überschwemmt er dich mit Eisschollen und Stauwasser.

Es ist doch ein großes Glück für uns, Andy‹, sage ich, ›daß es dieser Zigarrenexponent mit der Petersilienkrause für angemessen hielt, uns mit seinem kindlichen Vertrauen und Altruismus zu schmükken. Denn sein Geld‹, sage ich, ›ist meinem Gefühl für Redlichkeit und Moral ein Dorn im Auge. Wir können es nicht nehmen, daß du es weißt, wir können es nicht‹, sage ich, ›denn wir haben nicht die Spur Anspruch darauf – nicht die Spur. Wenn auch nur das kleinste bißchen einer Möglichkeit vorhanden wäre, daß wir Anspruch darauf erheben könnten, dann könnte er von mir aus damit beginnen, in weiteren zwanzig Jahren sich weitere fünftausend Dollar zu sparen, aber wir haben ihm nichts verkauft, wir haben keinen Handel oder sonst was Kommerzielles mit ihm. Er hat sich uns freundschaftlich genähert‹, sage ich, ›und uns mit blinder und schöner Idiotie das Zeug in die Hände gelegt. Wir müssen es ihm zurückgeben, wenn er es will.‹

›Deine Argumente‹, sagt Andy, ›gehen über Kritik und Begriffsvermögen. Nein, wir können uns nicht mit seinem Geld davonmachen – wie die Dinge jetzt liegen. Ich bewundere deine hohe Geschäftsmoral, Jeff‹, sagt Andy, ›und ich würde nichts vorschlagen, was nicht auf einer Linie läge mit deinen Theorien über Sittlichkeit und Initiative.

Aber heute abend und einen großen Teil des morgigen Tages werde ich fort sein, Jeff‹, sagt Andy, ›ich habe da etwas Geschäftliches wahrzunehmen. Wenn dieser Geldbündel-Esel morgen nachmittag herkommt, dann halte ihn fest, bis ich da bin. Du weißt, wir sind zum Abendessen verabredet.‹

Na schön, Sir, nächsten Nachmittag gegen fünf trippelt also unser Zigarrenmann herein und kann kaum die Augen offenhalten.

›Habe herrliche Stunden verbracht, Mister Peters‹, sagt er. ›Alle Sehenswürdigkeiten zu mir genommen. Ich sage Ihnen, New York ist einmalig. Wenn Sie nichts dagegen haben‹, sagt er, ›lege ich mich da auf die Chaiselongue und drusele so an die neun Minuten, bis Mister Tucker kommt. Ich bin es nicht gewohnt, die ganze Nacht aufzusein. Und morgen, Mister Peters, werde ich die fünftausend an mich nehmen, wenn's Ihnen recht ist. Ich habe gestern abend einen Mann getroffen, der einen sicheren Tip für das morgige Pferderennen hat. Entschuldigen Sie bitte, daß ich so unhöflich bin, mich aufs Ohr zu legen, Mister Peters.‹

Und so legt sich dieser Bewohner der zweiten Stadt der Welt zur Ruhe und fängt an zu schnarchen, während ich dasitze und über allerhand nachdenke und wünsche, ich wäre wieder im Westen, wo man sich immer darauf verlassen kann, daß ein Bursche sein Geld hartnäckig genug verteidigt, daß dir dein Gewissen erlaubt, es ihm abzuknöpfen.

Um halb sechs kommt Andy herein und sieht die schlafende Gestalt.

›Ich bin in Trenton gewesen‹, sagt Andy und zieht ein Dokument aus der Tasche. ›Ich glaube, die Sache hätte ich in Ordnung gebracht, Jeff. Sieh dir das mal an.‹

Ich entfalte das Papier und sehe, daß es eine vom Staat New Jersey auf die *Peters & Tucker, vereinigte Gesellschaft für die Entwicklung der Luftregalien, m. b. H.* ausgestellte Urkunde über die Eintragung einer Aktiengesellschaft ist.

›Für die Erlangung des Wegerechts für Luftschifflinien‹, erklärt Andy. ›Das Jersey-Parlament tagte nicht, aber am Postkartenstand in der Halle fand ich einen Mann, der einen Vorrat an Urkunden auf Lager hatte. Es sind hunderttausend Anteile‹, sagt Andy, ›die einen voraussichtlichen Nennwert von einem Dollar erreichen werden. Ein Aktienformular habe ich drucken lassen.‹

Dann holt Andy das Formular heraus und füllt es mit dem Füllhalter aus.

›Der ganze Ramsch‹, sagt er, ›geht für fünftausend an unsern Freund im Traumland. Hast du seinen Namen erfahren?‹

›Schreib auf den Inhaber aus‹, sage ich.

Das Aktienformular schoben wir dem Zigarrenmann in die Hand und gingen hinaus, um unsere Handkoffer zu packen.

Auf dem Fährboot fragt mich Andy: ›Ist dein Gewissen wegen des Geldes jetzt beruhigt, Jeff?‹

›Warum nicht?‹ antworte ich. ›Sind wir denn was Besseres als irgendeine andere Holdinggesellschaft?‹«

## Das Geschenk der Weisen

Ein Dollar und siebenundachtzig Cent. Das war alles. Und sechzig Cent davon in Pennies. Stück für Stück ersparte Pennies, wenn man hin und wieder den Kaufmann, Gemüsemann oder Fleischer beschwatzt hatte, bis einem die Wangen brannten im stillen Vorwurf der Knauserei, die solch ein Herumfeilschen mit sich brachte. Dreimal zählte Della nach. Ein Dollar und siebenundachtzig Cent. Und morgen war Weihnachten.

Da blieb einem nichts anderes, als sich auf die schäbige kleine Chaise zu werfen und zu heulen. Das tat Della. Was zu der moralischen Betrachtung reizt, das Leben bestehe aus Schluchzen, Schniefen und Lächeln, vor allem aus Schniefen.

Während die Dame des Hauses allmählich von dem ersten Zustand in den zweiten übergeht, werfen wir einen Blick auf das Heim. Eine möblierte Wohnung für acht Dollar die Woche. Sie war nicht gerade bettelhaft zu nennen; höchstens für jene Polizisten, die speziell auf Bettler gehetzt wurden.

Unten im Hausflur war ein Briefkasten, in den nie ein Brief fiel, und ein Klingelknopf, dem keines

Sterblichen Finger je ein Klingelzeichen entlocken konnte. Dazu gehörte auch eine Karte, die den Namen »Mr. James Dillingham jr.« trug. Das »Dillingham« war in einer früheren Zeit der Wohlhabenheit, als der Eigentümer dreißig Dollar die Woche verdiente, hingepfeffert worden. Jetzt, da das Einkommen auf zwanzig Dollar zusammengeschrumpft war, wirkten die Buchstaben des »Dillingham« verschwommen, als trügen sie sich allen Ernstes mit dem Gedanken, sich zu einem bescheidenen und anspruchslosen D zusammenzuziehen. Aber wenn Mr. James Dillingham jr. nach Hause und oben in seine Wohnung kam, wurde er »Jim« gerufen und von Mrs. James Dillingham jr., die bereits als Della vorgestellt wurde, herzlich umarmt. Was alles sehr schön ist.

Della hörte auf zu weinen und fuhr mit der Puderquaste über ihre Wangen. Sie stand am Fenster und blickte trübselig hinaus auf eine graue Katze, die auf einem grauen Zaun in einem grauen Hinterhof spazierte. Morgen war Weihnachten, und sie hatte nur einen Dollar siebenundachtzig, um für Jim ein Geschenk zu kaufen. Monatelang hatte sie jeden Penny gespart, wo sie nur konnte, und dies war das Resultat. Zwanzig Dollar die Woche reichte nicht weit. Die Ausgaben waren größer gewesen, als sie gerechnet hatte. Das ist immer so. Nur einen Dollar siebenundachtzig, um für Jim ein

Geschenk zu kaufen. Für ihren Jim. So manche glückliche Stunde hatte sie damit verbracht, sich etwas Hübsches für ihn auszudenken. Etwas Schönes, Seltenes, Gediegenes – etwas, was annähernd der Ehre würdig war, Jim zu gehören. Zwischen den Fenstern stand ein Trumeau. Vielleicht haben Sie schon einmal einen Trumeau in einer möblierten Wohnung zu acht Dollar gesehen. Ein sehr dünner und beweglicher Mensch kann, indem er sein Spiegelbild in einer raschen Folge von Längsstreifen betrachtet, eine ziemlich genaue Vorstellung von seinem Aussehen erhalten. Della war eine schlanke Person und beherrschte diese Kunst.

Plötzlich wirbelte sie von dem Fenster fort und stand vor dem Spiegel. Ihre Augen glänzten und funkelten, aber ihr Gesicht hatte in zwanzig Sekunden die Farbe verloren. Flink löste sie ihr Haar und ließ es in voller Länge herabfallen.

Zwei Dinge besaßen die James Dillinghams jr., auf die sie beide unheimlich stolz waren. Das eine war Jims goldene Uhr, die seinem Vater und davor seinem Großvater gehört hatte. Das andere war Dellas Haar. Hätte die Königin von Saba in der Wohnung jenseits des Luftschachts gelebt, dann hätte Della eines Tages ihr Haar zum Trocknen aus dem Fenster gehängt, um Ihrer Majestät Juwelen und Vorzüge im Wert herabzusetzen. Wäre König Salomo der Portier gewesen und hätte all seine

Schätze im Erdgeschoß aufgehäuft, Jim hätte jedesmal seine Uhr gezückt, wenn er vorbeigegangen wäre, bloß um zu sehen, wie sich der andere vor Neid den Bart raufte.

Jetzt floß also Dellas Haar wellig und glänzend an ihr herab wie ein brauner Wasserfall. Es reichte bis unter die Kniekehlen und umhüllte sie wie ein Gewand. Nervös und hastig steckte sie es wieder auf. Einen Augenblick taumelte sie und stand ganz still, während ein paar Tränen auf den abgetretenen Teppich fielen.

Die alte braune Jacke angezogen, den alten braunen Hut aufgesetzt, und mit wehenden Röcken und immer noch das helle Funkeln in den Augen, schoß sie zur Tür hinaus und lief die Treppe hinab auf die Straße.

Wo sie stehenblieb, lautete das Firmenschild *Mme. Sofronie. Alle Sorten Haarersatz.* Della rannte die Treppe hinauf und versuchte atemschöpfend, sich zu sammeln. Madame, groß, zu weiß und frostig, sah kaum nach »Sofronie« aus.

»Wollen Sie mein Haar kaufen?« fragte Della.

»Ich kaufe Haar«, sagte Madame. »Nehmen Sie den Hut ab, damit wir es einmal ansehen können.«

Der braune Wasserfall stürzte in Wellen herab.

»Zwanzig Dollar«, sagte Madame, mit kundiger Hand die Masse anhebend.

»Geben Sie nur schnell her«, sagte Della.

Oh, und die nächsten beiden Stunden trippelten auf rosigen Schwingen. Nehmen Sie es nicht so genau mit der zerhackten Metapher. Sie durchwühlte die Läden nach dem Geschenk für Jim.

Schließlich fand sie es. Bestimmt war es für Jim und für niemand sonst gemacht. Keins gab es in den Läden, das diesem glich, und sie hatte in allen das Oberste zuunterst gekehrt. Es war eine Uhrkette aus Platin, einfach und edel im Dessin, die ihren Wert auf angemessene Weise durch das Material und nicht durch eine auf den Schein berechnete Verzierung offenbarte – wie es bei allen guten Dingen sein sollte. Sie war sogar *der Uhr* würdig. Kaum hatte sie die Kette erblickt, als sie auch schon wußte, daß sie Jim gehören müsse. Sie war wie er. Überlegene Ruhe und Wert – das paßte auf beide. Einundzwanzig Dollar nahm man ihr dafür ab, und mit den siebenundachtzig Cent eilte sie nach Hause. Mit dieser Kette an der Uhr konnte Jim wirklich in jeder Gesellschaft um die Zeit besorgt sein. So großartig die Uhr war, manchmal blickte er wegen des alten Lederriemchens, das er an Stelle einer Kette benutzte, nur verstohlen nach ihr.

Als Della zu Hause angelangt war, wich ihr Rausch ein wenig der Vorsicht und der Vernunft. Sie holte ihre Brennschere heraus, zündete das Gas an und machte sich ans Werk, die Verheerungen auszubessern, die von Freigebigkeit in Verein mit

Liebe angerichtet worden waren. Was stets eine gewaltige Aufgabe ist, liebe Freunde – eine Mammutaufgabe.

Nach vierzig Minuten war ihr Kopf dicht mit kleinen Löckchen bedeckt, mit denen sie wundervoll aussah, wie ein schwänzender Schuljunge. Lange, sorgfältig und kritisch betrachtete sie ihr Spiegelbild.

»Wenn mich Jim nicht umbringt, bevor er mich ein zweites Mal ansieht, wird er sagen, ich sehe aus wie ein Chormädel von Coney Island«, meinte sie bei sich. »Aber was – oh, was hätte ich denn mit einem Dollar siebenundachtzig anfangen sollen?«

Um sieben war der Kaffee gekocht, und die Bratpfanne stand hinten auf der Kochmaschine, heiß und bereit, die Koteletts zu braten.

Jim verspätete sich nie. Della ließ die Uhrkette in ihrer Hand verschwinden und setzte sich auf die Tischkante nahe der Tür, durch die er immer eintrat. Dann hörte sie seinen Schritt auf der Treppe, unten, auf den ersten Stufen, und wurde einen Augenblick blaß. Sie hatte sich angewöhnt, wegen der einfachsten Alltäglichkeit stille kleine Gebete zu murmeln, und jetzt flüsterte sie: »Bitte, lieber Gott, mach, daß er mich noch hübsch findet.«

Die Tür öffnete sich, Jim trat ein und schloß sie. Er sah mager und sehr feierlich aus. Armer Junge, er war erst zweiundzwanzig – und schon mit Familie belastet! Er brauchte einen neuen Mantel und hatte auch keine Handschuhe.

Jim blieb an der Tür stehen, reglos wie ein Vorstehhund, der eine Wachtel ausgemacht hat. Seine Augen waren auf Della geheftet, und ein Ausdruck lag in ihnen, den sie nicht zu deuten vermochte und der sie erschreckte. Es war weder Ärger noch Verwunderung, weder Mißbilligung noch Abneigung, noch überhaupt eins der Gefühle, auf die sie sich gefaßt gemacht hatte. Er starrte sie nur unverwandt an mit diesem eigentümlichen Gesichtsausdruck.

Della rutschte langsam vom Tisch und ging zu ihm.

»Jim, Liebster«, rief sie, »sieh mich nicht so an. Ich hab' mein Haar abschneiden lassen und verkauft, weil ich Weihnachten ohne ein Geschenk für dich nicht überlebt hätte. Es wird wieder wachsen – du nimmst es nicht tragisch, nicht wahr? Ich mußte es einfach tun. Mein Haar wächst unheimlich schnell. Sag mir fröhliche Weihnachten, Jim, und laß uns glücklich sein. Du ahnst nicht, was für ein hübsches, was für ein schönes, wunderschönes Geschenk ich für dich bekommen habe.«

»Du hast dein Haar abgeschnitten?« fragte Jim mühsam, als könne er selbst nach schwerster geistiger Arbeit nicht an den Punkt gelangen, diese offenkundige Tatsache zu begreifen.

»Abgeschnitten und verkauft«, sagte Della.

»Hast du mich jetzt nicht noch ebenso lieb? Ich bin auch ohne mein Haar noch dieselbe, nicht wahr?«

Jim blickte neugierig im Zimmer umher.

»Du sagst, dein Haar ist weg?« bemerkte er mit nahezu idiotischem Gesichtsausdruck.

»Du brauchst nicht danach zu suchen«, sagte Della. »Ich sag' dir doch, es ist verkauft – verkauft und weg. Heute ist Heiligabend, Jungchen. Sei nett zu mir, denn es ist ja für dich weg. Vielleicht waren die Haare auf meinem Kopf gezählt«, fuhr sie mit einer jähen, feierlichen Zärtlichkeit fort, »aber nie könnte jemand meine Liebe zu dir zählen. Soll ich die Koteletts aufsetzen, Jim?«

Jim schien im Nu aus seiner Starrheit zu erwachen. Er umarmte seine Della. Wir wollen inzwischen mit diskreten Forscherblicken zehn Sekunden lang eine an sich unwichtige Sache in anderer Richtung betrachten. Acht Dollar die Woche oder eine Million im Jahr – was ist der Unterschied? Ein Mathematiker oder ein Witzbold würden uns eine falsche Antwort geben. Die Weisen brachten wertvolle Geschenke, aber dies war nicht darunter. Diese dunkle Behauptung soll später erläutert werden.

Jim zog ein Päckchen aus der Manteltasche und warf es auf den Tisch.

»Täusch dich nicht über mich, Dell«, sagte er. »Du darfst nicht glauben, daß etwas wie Haare schneiden oder stutzen oder waschen mich dahin bringen könnte, mein Mädchen weniger liebzuhaben. Aber wenn du das Päckchen auspackst, wirst du sehen, warum du mich zuerst eine Weile aus der Fassung gebracht hast.«

Weiße Finger rissen hurtig an der Strippe und am Papier. Und dann ein verzückter Freudenschrei, und dann – ach! – ein schnelles weibliches Hinüberwechseln zu hysterischen Tränen und Klagen, die dem Herrn des Hauses den umgehenden Einsatz aller Trostmöglichkeiten abforderten.

Denn da lagen *die Kämme* – die Garnitur Kämme, die Della seit langem in einem Broadway-Schaufenster angeschmachtet hatte. Wunderschöne Kämme, echt Schildpatt mit juwelenverzierten Rändern – gerade in der Schattierung, die zu dem schönen, verschwundenen Haar gepaßt hätte. Es waren teure Kämme, das wußte sie, und ihr Herz hatte nach ihnen gebettelt und gebarmt, ohne die leiseste Hoffnung, sie je zu besitzen. Und nun waren sie ihr eigen; aber die Flechten, die der ersehnte Schmuck hätte zieren sollen waren fort. Doch sie preßte sie zärtlich an die Brust und war schließlich so weit, daß sie mit schwimmenden Augen und einem Lächeln aufblicken und sagen konnte:

»Mein Haar wächst so schnell, Jim!«

Und dann sprang Della auf wie ein gebranntes Kätzchen und rief: »Oh, oh!«

Jim hatte ja noch nicht sein schönes Geschenk gesehen. Ungestüm hielt sie es ihm auf der geöffneten Hand entgegen. Das leblose, kostbare Metall schien im Abglanz ihres strahlenden, brennenden Eifers zu blitzen.

»Ist die nicht toll, Jim? Die ganze Stadt hab' ich danach abgejagt. Jetzt mußt du hundertmal am Tag nachsehen, wie spät es ist. Gib mir die Uhr. Ich möchte sehen, wie sich die Kette dazu macht.«

Statt zu gehorchen, ließ er sich auf die Chaiselongue fallen, legte die Hände im Nacken zusammen und lächelte.

»Dell«, sagte er, »wir wollen unsere Weihnachtsgeschenke beiseite legen und eine Weile aufheben. Sie sind zu hübsch, um sie jetzt schon in Gebrauch zu nehmen. Ich habe die Uhr verkauft, um das Geld für die Kämme zu haben. Wie wäre es, wenn du die Kotelette braten würdest?«

Die Weisen waren, wie ihr wißt, weise Männer – wunderbar weise Männer –, die dem Kind in der Krippe Geschenke brachten. Sie haben die Kunst erfunden, Weihnachtsgeschenke zu machen. Da sie weise waren, waren natürlich auch ihre Geschenke weise und hatten vielleicht den Vorzug, umgetauscht werden zu können, falls es Dubletten gab. Und hier habe ich euch nun schlecht und recht die ereignislose Geschichte von zwei törichten Kindern in einer möblierten Wohnung erzählt, die höchst unweise die größten Schätze ihres Hauses füreinander opferten. Doch mit einem letzten Wort sei den heutigen Weisen gesagt, daß diese beiden die weisesten aller Schenkenden waren. Von allen, die Geschenke geben und empfangen, sind sie die weisesten. Immer und überall sind sie die weisesten. Sie sind die wahren Könige.

## Das möblierte Zimmer

Rastlos, unbeständig und flüchtig wie die Zeit ist ein großer Teil der Bewohner in den roten Backsteinhäusern auf der unteren West Side.

Heimatlos haben sie hundertfache Heimat. Sie fliehen von einem möblierten Zimmer ins andere, ewige Durchreisende – Durchreisende in der Wohnung, Durchreisende in Herz und Gemüt. Sie singen »Heimat, du liebe Heimat« im Jazzrhythmus; sie nehmen ihre Hausgötter in der Hutschachtel mit; ihr Weinstock schlingt sich um einen Modellhut; ein Gummibaum ist ihr Feigenbaum.

Die Häuser, die in diesem Viertel tausend Bewohner gehabt haben, könnten daher tausend Geschichten erzählen, meistens natürlich langweilige; aber es wäre seltsam, wenn sich im Kielwasser dieser unsteten Gäste nicht ein oder zwei Seelen von Verstorbenen finden ließen.

Eines Abends, nach Einbruch der Dunkelheit, streifte ein junger Mann zwischen diesen zerbröckelnden roten Häusern umher und läutete an den Türen. An der zwölften stellte er sein ärmliches Handgepäck auf der Stufe ab und wischte den

Staub von Hutband und Stirn. Die Glocke klang schwach und weit in fernen dumpfen Tiefen.

An der Tür dieses zwölften Hauses, dessen Glocke er in Bewegung gesetzt hatte, erschien eine Hausbesorgerin, die ihn an einen überfressenen schädlichen Wurm erinnerte, der seine Nuß bis auf die Schale leer gefressen hat und nun die Leere mit genießbaren Mietern zu füllen sucht.

Er fragte, ob sie ein Zimmer zu vermieten habe.

»Kommen Sie herein«, sagte die Hausbesorgerin. Ihre Stimme kam aus der Kehle, ihre Kehle schien mit Pelz gefüttert zu sein. »Ich hab' noch das Hinterzimmer im zweiten Stock, das seit einer Woche frei ist. Wollen Sie es sich ansehen?«

Der junge Mann folgte ihr die Treppe hinauf. Ein trübes Licht, von dem man nicht sagen konnte, woher es kam, milderte die Schatten auf den Gängen. Geräuschlos traten sie auf einen Treppenläufer, den sein Webstuhl verleugnet hätte. In der geschwängerten Luft ohne Sonne schien er eine Pflanze geworden, zu einer wuchernden Flechte oder kriechendem Moos degeneriert zu sein, die in großen Flecken auf der Treppe wuchsen und unter dem Fuß breiig waren wie eine organische Masse. Auf jedem Treppenabsatz befanden sich leere Nischen in der Wand. Vielleicht hatten einmal Grünpflanzen darin gestanden. Wenn ja, so waren sie in der fauligen, verdorbenen Luft eingegangen. Möglicherweise waren die Nischen von Heiligenbildern ausgefüllt gewesen, aber es war nicht schwer zu erraten, daß Kobolde und Teufel sie ins Dunkel und hinab in dic unheiligen Tiefen einer möblierten Höhle geschleift hatten.

»Dies ist das Zimmer«, sagte die Hausbesorgerin aus ihrer pelzigen Kehle. »Es ist ein hübsches Zimmer. Es steht nicht oft frei. Letzten Sommer habe ich sehr feine Leute gehabt – ohne überhaupt keinen Ärger, und pünktlich auf die Minute im voraus haben sie gezahlt. Die Toilette ist am Ende vom Gang. Sprowls und Mooney haben drei Monate drin gewohnt. Sie haben einen Sketch im Varietétheater gehabt. Miss B'retta Sprowls – vielleicht haben Sie von ihr gehört – ja, das waren ihre Künstlernamen – genau da über der Frisiertoilette hat die Heiratsurkunde im Rahmen gehängt. Das Gas ist hier, und wie Sie sehen, ist reichlich Nebengelaß vorhanden. Es ist ein Zimmer, das jedem gefällt. Es steht niemals lange unbenutzt.«

»Wohnen bei Ihnen viele Theaterleute?« fragte der junge Mann.

»Sie kommen und gehen. Ein ganzer Teil von meinen Mietern hat mit dem Theater zu tun. Ja, Sir, dies ist ein Theaterviertel. Schauspieler bleiben nirgendwo lange. Was ich zu kriegen habe, krieg' ich. Jaja, sie kommen und gehen.«

Er mietete das Zimmer und bezahlte eine Woche

im voraus. Er sei müde, sagte er, und werde gleich einziehen. Er zählte das Geld hin. Das Zimmer sei in Ordnung gebracht, sagte sie, sogar frische Handtücher und Wasser. Als sich die Hausbesorgerin zum Gehen anschickte, stellte er zum tausendsten Mal die Frage, die ihm auf der Zunge brannte.

»Ein junges Mädchen – Miss Vashner – Miss Eloise Vashner – erinnern Sie sich, daß sie bei Ihnen gewohnt hat? Wahrscheinlich hat sie auf der Bühne gesungen. Ein hübsches Mädchen, mittelgroß und schlank, mit rotblondem Haar und einem Muttermal an der linken Braue.«

»Nein, auf den Namen kann ich mich nicht besinnen. Diese Theaterleute wechseln ihre Namen so oft wie ihre Zimmer. Sie kommen und gehen. Nein, auf den kann ich mich nicht besinnen.«

Nein. Immer nein. Fünf Monate unaufhörlicher Nachfrage, und das unvermeidliche Nein. So viel Zeit vertan – tagsüber durch die Fragerei bei Direktoren, Agenten, Schulen und Chören; nachts unter dem Publikum – von Bühnen mit Starbesetzung bis hinunter zu den Spezialitätentheatern, so tief hinunter, daß er sich fürchtete zu finden, was er brennend ersehnte. Er, der sie am meisten liebte, hatte versucht, sie aufzuspüren. Er war überzeugt, daß sie seit ihrem Verschwinden von zu Hause irgendwo festgehalten wurde von dieser großen, wasserumspülten Stadt; aber die Stadt war wie Treibsand, dessen Teilchen unablässig in Bewegung waren und keinen festen Grund unter sich hatten; und Sandkörnchen, die heute an der Oberfläche lagen, waren morgen in Schlamm und Schlick begraben.

Das möblierte Zimmer empfing seinen neuen Gast mit der voreiligen Wärme scheinbarer Gastlichkeit, einem hektischen, überstürzten, gewohnheitsmäßigen Willkommen, ähnlich dem Berufslächeln einer Dirne. Die trügerische Behaglichkeit strahlte von den altersschwachen Möbeln aus, dem verschlissenen Brokatbezug eines Schlafsofas und zweier Stühle, einem billigen fußbreiten Trumeau zwischen den beiden Fenstern, ein paar vergoldeten Rahmen und einem Messingbett in der Ecke.

Der Gast lehnte sich teilnahmslos in seinen Stuhl zurück, während ihm das Zimmer – sprachverwirrt, als sei es ein Zimmer in Babel – von seiner unterschiedlichen Mieterschaft zu erzählen versuchte.

Ein farbenprächtiger Vorleger lag wie ein von Blumen überwuchertes, rechteckiges tropisches Inselchen in einem wogenden Meer schmutzigen Bodenbelags. An den licht tapezierten Wänden hingen die Bilder, die den Heimatlosen von Haus zu Haus verfolgen: Das hugenottische Liebespaar, Der erste Streit, Das Hochzeitsfrühstück und Psyche an der Quelle. Der strenge, keusche Umriß des Kaminmantels war schimpflich verhüllt durch eine naseweise Draperie, die wie die Schärpen des Amazonenballetts schräg nach unten fiel. Auf dem Sims lag herrenloses Strandgut herum, das die hierher Verschlagenen beiseite geworfen hatten, als sie von einem glücklichen Segel in einen neuen Hafen entführt wurden – ein paar läppische Vasen, Bilder von Schauspielerinnen, eine Arzneiflasche und ein paar verstreute Blätter aus einem Kartenspiel.

Eins nach dem anderen, so wie die Schriftzeichen einer Geheimschrift lesbar werden, enthüllten die kleinen Zeichen, die eine Prozession von Gästen in diesem Zimmer hinterlassen hatte, ihre Bedeutung. Die fadenscheinige Stelle in dem Bodenbelag vor dem Toilettentisch erzählte von jener entzückenden Frau, die in dem Zug wanderte. Die winzigen Fingerspuren an der Wand sprachen von kleinen Gefangenen, die sich ihren Weg nach Luft und Sonne zu ertasten suchten. Ein Spritzfleck, strahlenförmig wie das Gespenst einer platzenden Bombe, zeugte davon, wo ein gefülltes Glas oder eine volle Flasche an der Wand zersplittert war. In den Trumeau war mit einem Diamanten in holprigen Buchstaben der Name »Marie« eingeritzt. Es schien, als sei die Mieterschaft des möblierten Zimmers in Raserei ausgebrochen – vielleicht über Langmut gereizt durch seine kalte Pracht – und habe ihre Wut an ihm ausgelassen. Die Möbel waren abgestoßen und beschädigt; das durch gesprungene Federn verrenkte

Sofa glich einem scheußlichen Ungeheuer, das erschlagen worden war, als ihm ein Krampf die Glieder verzerrte. Eine noch gewaltigere, vulkanische Umwälzung hatte ein Stück von dem marmornen Kaminsims abgerissen. Jede Diele des Fußbodens hatte ihr besonderes Ächzen und Kreischen wie von einem besonderen und ganz pesönlichen Todeskampf. Es schien unglaublich, daß dem Zimmer all diese Bosheit und Ungerechtigkeit von den Menschen zugefügt worden sein sollte, die es eine Zeitlang ihr Heim genannt hatten; und doch war es vielleicht der betrogene Heiminstinkt, der blind weiterlebt, die rachsüchtige Wut auf falsche Hausgötter, die ihren Zorn entfacht hatte. Fegen, schmücken und hegen können wir eine Hütte, die uns gehört.

Der Mieter in dem Stuhl ließ diese Gedanken auf leisen Sohlen durch seinen Kopf ziehen, während möblierte Laute und möblierte Gerüche in das Zimmer drangen. Aus einem Zimmer hörte er Kichern und abgerissenes, flaues Gelächter; aus anderen den Monolog eines Zankteufels, das Klappern von Würfeln, ein Wiegenlied und ein trostloses Weinen; über ihm klimperte ein lebhaftes Banjo. Irgendwo knallten Türen; in Abständen donnerten Hochbahnzüge vorüber; hinten auf einem Zaun jaulte jämmerlich eine Katze. Und er atmete den Atem des Hauses – eher einen dumpfigen Geschmack als einen Geruch – eine kalte, abgestandene Ausdünstung wie aus unterirdischen Gewölben, vermischt mit den in Schwaden aufsteigenden Ausdünstungen des Linoleums und verschimmelten, verrotteten Holzes.

Und plötzlich, wie er so saß, war das Zimmer mit einem starken, süßen Duft von Reseda erfüllt. Er kam wie mit einem einzigen Windstoß, so unverkennbar, duftend und nachdrücklich, daß er ihn fast wie einen lebendigen Besucher spürte. Und der Mann rief laut: »Ja, Liebste?«, als hätte man ihn gerufen, und sprang auf und blickte um sich. Der starke Duft hängte sich an ihn und hüllte ihn ein. Er streckte die Arme danach aus, all seine Sinne waren einen Augenblick lang verwirrt und durcheinander. Wie konnte man so zwingend von einem Duft angesprochen werden? Es mußte ein Laut gewesen sein. Aber wenn es nun kein Laut gewesen war, der ihn berührt, der ihn liebkost hatte?

»Sie ist in diesem Zimmer gewesen«, rief er und sprang vor, um ihm ein Zeichen zu entreißen, denn er wußte, er würde die kleinste Kleinigkeit wiedererkennen, die ihr gehört oder die sie berührt hatte. Dieser einhüllende Resedaduft, der Duft, den sie geliebt und zu ihrem ganz persönlichen gemacht hatte – woher kam er?

Das Zimmer war nur oberflächlich in Ordnung gebracht worden. Auf der dünnen Decke über dem

Toilettentisch lagen ein halbes Dutzend Haarnadeln verstreut – diese verschwiegenen, nicht zu unterscheidenden Freunde der Frauensleute, weiblichen Geschlechts, unendlich launisch und jeder Zeitbestimmung unzugänglich. Er überging sie, von ihrem triumphierenden Mangel an persönlicher Note überzeugt. Als er die Schubladen der Frisierkommode durchwühlte, stieß er auf ein beiseite geworfenes zerrissenes kleines Taschentuch. Er preßte es an sein Gesicht. Es roch stark und aufdringlich nach Heliotrop, er schleuderte es zu Boden. In einer anderen Schublade fand er alte Knöpfe, ein Theaterprogramm, einen Schein von der Pfandleihe, zwei verirrte Marshmallows und ein Traumbuch. Darin lag eine schwarze Atlashaarschleife, die ihn innehalten ließ, in der Schwebe zwischen Eis und Feuer. Aber auch die Atlashaarschleife ist ein zurückhaltender, unpersönlicher, ganz gewöhnlicher Schmuck der Weiblichkeit, der nichts verrät.

Und dann jagte er kreuz und quer im Zimmer herum wie ein Hund auf der Fährte, untersuchte auf Händen und Knien alle Winkel des welligen Bodenbelags, durchstöberte Kaminmantel und Tische, Vorhänge und Gardinen, den Getränkeschrank in der Ecke nach einem sichtbaren Zeichen, unfähig zu begreifen, daß sie neben ihm war, um ihn, vor ihm, in ihm, über ihm, daß sie sich an ihn klammerte, ihn umwarb und mit ihren feineren Sinnen so schmerzhaft deutlich zu ihm sprach, daß sogar seine gröberen den Ruf vernahmen. Noch einmal antwortete er laut: »Ja, Liebste!« und drehte sich um mit verstörten Augen und blickte ins Leere, denn noch immer nicht konnte er in dem Reseda-duft Gestalt, Form, Herz und ausgestreckte Arme wahrnehmen. O Gott! Woher kam dieser Duft, und seit wann haben Düfte eine Stimme? So tappte er im dunkeln.

Er grub in Ritzen und Ecken nach und fand Korken und Zigaretten. In stummer Verachtung überging er sie. Doch einmal fand er in einer Falte des Bodenbelags eine halbgerauchte Zigarre, und mit einem lauten, scharfen Fluch zertrat er sie unter seinem Absatz. Er durchsiebte das Zimmer von einem Ende zum anderen. Er fand traurige und unrühmliche kleine Zeugnisse von so manch einem durchreisenden Mieter, doch von ihr, die er suchte und die hier gewohnt haben mochte und deren Geist hier umzugehen schien, fand er keine Spur.

Und dann fiel ihm die Hausbesorgerin ein.

Er rannte aus dem verzauberten Zimmer die Treppe hinab zu einer Tür, durch die er Licht schimmern sah. Auf sein Klopfen kam sie heraus. Er dämpfte seine Erregung, so gut er konnte.

»Würden Sie mir bitte sagen, Madam«, bat er, »wer vor mir das Zimmer bewohnt hat?«

»Aber ja, Sir, ich kann's Ihnen ja noch mal erzählen. Das waren, wie gesagt, Sprowls und Mooney. Auf dem Theater hieß sie Miss B'retta Sprowls, aber in Wirklichkeit war sie Mrs. Mooney. Mein Haus ist ein anständiges Haus und bekannt dafür. Die eingerahmte Heiratsurkunde hing an einem Nagel über...«

»Was für eine Dame war Miss Sprowls – ich meine äußerlich?«

»Na, schwarzhaarig, klein und gedrungen, Sir, mit einem drolligen Gesicht. Dienstag vor einer Woche sind sie ausgezogen.«

»Und ehe die beiden drin wohnten?«

»Tja, da war ein einzelner Herr, der was mit Fuhrunternehmen zu tun hatte. Der ist ausgezogen und die Miete für eine Woche schuldig geblieben. Vor ihm war Mrs. Crowder mit ihren beiden Kindern da, und die sind vier Monate geblieben; und vor denen der alte Mister Doyle, für den seine Söhne bezahlt haben. Das geht ein Jahr zurück, Sir, und weiter kann ich mich nicht besinnen.«

Er dankte ihr und schlich wieder in sein Zimmer hinauf. Das Zimmer war tot. Was es belebt hatte, war fort. Das Resedaparfüm war verflogen. An seine Stelle war der alte, abgestandene Geruch muffiger Einrichtung und aufgespeicherter Luft getreten.

Das Zurückfluten seiner Hoffnung entzog seinem Glauben die Nahrung. Er saß und starrte in die gelbe, singende Gasflamme. Nicht lange, und er ging zu dem Bett und begann die Bettücher in Streifen zu zerreißen. Mit der Klinge seines Messers drückte er sie fest in alle Spalten um Fenster und Tür. Als alles dicht und in Ordnung war, drehte er das Licht aus, das Gas wieder voll auf und legte sich erleichtert auf das Bett.

Diesen Abend war die Reihe an Mrs. McCool, mit der Kanne nach Bier zu gehen. Also holte sie es und saß mit Mrs. Purdy an einem dieser stillen unterirdischen Zufluchtsorte, wo Hausbesorgerinnen zusammenkommen und der Wurm selten stirbt.

»Ich hab' heute abend mein Hinterzimmer im zweiten Stock vermietet«, sagte Mrs. Purdy, über ihre schwellende Blume geneigt. »Ein junger Mann hat es genommen. Vor zwei Stunden ist er 'rauf zu Bett gegangen.«

»Was Sie nicht sagen, Mrs. Purdy!« rief Mrs. McCool, platt vor Staunen. »Im Vermieten von so 'nen Zimmern sind Sie das reine Wunder. Und haben Sie's ihm gesagt?« schloß sie mit einem heiseren, geheimnisschwangeren Wispern.

»Zimmer sind zum Vermieten da«, sagte Mrs. Purdy in den pelzigsten Tönen. »Ich hab' es ihm nicht gesagt, Mrs. McCool.«

»Recht haben Sie, Frau; vons Zimmervermieten leben wir ja. Sie haben den richtigen Verstand fürs

Geschäft, Frau. Viele Leute würden ja nicht in die Hand ein Zimmer mieten, wenn es ihnen einer erzählt, daß da ein selbstmörderlicher Mensch seinen Tod gesucht hat.«

»Ganz meine Meinung, wir müssen schließlich hinter unserm Lebensunterhalt her sein«, bemerkte Mrs. Purdy.

»Ja, Frau, das is wahr. Und heute is es justament eine Woche her, wo ich Ihnen geholfen hab' die Leiche im Hinterzimmer vom zweiten Stock ankleiden. Ein hübsches junges Ding war sie, und sich selber mit dem Gas umbringen – ein süßes Gesichtchen hat sie gehabt, Mrs. Purdy.«

»Man hätte sie hübsch nennen können, ganz recht«, meinte Mrs. Purdy zustimmend, aber kritisch, »wenn sie nicht das Muttermal an der linken Braue gehabt hätte. Gießen Sie sich doch ein, Mrs. McCool.«

## Die grüne Tür

Angenommen, du bummelst nach dem Abendessen den Broadway hinunter und hast dir zehn Minuten bewilligt, deine Zigarre zu rauchen, während du dich zwischen einer amüsanten Tragödie und etwas Ernsthafterem in der Art eines Spezialitätentheaters zu entscheiden suchst. Plötzlich liegt eine Hand auf deinem Arm. Du drehst dich um und blickst in die beunruhigenden Augen einer schönen Frau, bewundernswert in ihren Brillanten und ihrem russischen Zobel. Sie drückt dir hastig ein glühendheißes Butterbrötchen in die Hand, zückt blitzschnell eine kleine Schere, schneidet dir den zweiten Knopf von deinem Paletot ab, stößt bedeutsam das eine Wort »Parallelogramm!« heraus und entschwindet rasch in einer Seitenstraße, wobei sie ängstlich über die Schulter zurückblickt.

Das wäre ein unverfälschtes Abenteuer. Wäre es dir willkommen? Dir nicht! Du würdest rot werden vor Verlegenheit, das Brötchen blöde fallen lassen und weiter den Broadway hinuntergehen, hilflos nach dem fehlenden Knopf fingernd. Ja, das würdest du, außer du gehörtest zu den Begnadeten, in denen der unverfälschte Geist des Abenteuers noch nicht tot ist.

Echte Abenteurer hat es nicht viele gegeben. Die in Druckerschwärze als solche verewigt wurden, waren meist Geschäftsleute mit neuerfundenen Methoden. Sie waren hinter Dingen her, die sie haben wollten: Goldene Vliese, heilige Grale, Frauenliebe, Schätze, Kronen und Ruhm. Der wahre Abenteurer geht ziellos und ohne Berechnung vorwärts, um das unbekannte Schicksal zu treffen und zu grüßen. Ein schönes Beispiel war der verlorene Sohn – als er sich auf den Heimweg machte.

Halbabenteurer – tapfere und herrliche Gestalten – waren nicht selten. Von den Kreuzfahrern bis zu den Klingelfahrern haben sie die Historie und die Prosa und den Handel mit der historischen Prosa bereichert. Doch alle hatten entweder einen Preis zu gewinnen, ein Tor zu schießen, ein Hühnchen zu rupfen, ein Wettrennen zu laufen, einen Stich zu machen, einen Namen in Rinden einzuschneiden oder eine Krähe zu hacken – und waren daher keine Jünger des echten Abenteuers.

In der großen Stadt sind die Zwillingsgeister Märchen und Abenteuer ständig unterwegs auf der Suche nach würdigen Freiern. Wenn wir die Straßen durchstreifen, werfen sie uns verstohlene Blicke zu und fordern uns in zwanzig verschiedenen Hüllen heraus. Ohne zu wissen warum, schauen wir plötz-

lich auf, um in einem Fenster ein Gesicht zu erblik-
ken, das zu unserer Galerie der im Herzen getrage-
nen Porträts zu gehören scheint; in einer schlafen-
den Durchfahrtsstraße hören wir aus einem leeren
Haus mit geschlossenen Fensterläden einen Schrei
voll Todesangst und Entsetzen; statt an dem uns
vertrauten Bordstein setzt uns der Droschkenkut-
scher an einer fremden Tür ab, wo uns lächelnd
eine Frau öffnet und uns einzutreten bittet; von den
hohen Fenstergittern des Glücks flattert uns ein
beschriebener Papierfetzen vor die Füße; mit eiligen
Fremden in der vorüberflutenden Menge tauschen
wir Blicke der Augenblicksfeindschaft, -liebe,
-furcht; ein plötzlicher Regenguß – und unser
Schirm kann die Tochter des Vollmonds und leibli-
che Base des Sternensystems beschützen; an jeder
Ecke fallen Taschentücher, winken Finger, bestür-
men uns Augen und werden uns die verlorenen,
liegengelassenen, Entzücken auslösenden, geheimnisvollen und gefährlich launischen Schlüssel zum
Abenteuer in die Finger geschoben. Doch nur wenige sind gewillt, sie festzuhalten und sich von ihnen leiten zu lassen. Wir haben den Ladestock der
Konvention im Kreuz, und der hat uns steif gemacht. Wir gehen vorbei, und eines Tages, am
Ende eines sehr langweiligen Lebens, kommt uns in
den Sinn, daß der abenteuerliche Roman unseres
Lebens eine farblose Sache von ein, zwei Ehen, eine

in der Geheimschublade aufbewahrte Atlasrosette und ein lebenslänglicher Kampf mit der Zentralheizung war.

Rudolf Steiner war ein echter Abenteurer. Selten kam es vor, daß er am Abend nicht sein Schlafzimmer verließ, um sich auf die Suche nach dem Unerwarteten und Ungewöhnlichen zu machen. Was wohl um die nächste Ecke liegen mochte, schien ihm das Allerinteressanteste im Leben. Mitunter führte ihn seine Bereitwilligkeit, das Schicksal zu versuchen, seltsame Pfade. Zweimal hatte er die Nacht auf der Polizeiwache verbracht; wieder und wieder hatte er sich von einfallsreichen, gewinnsüchtigen Gaunern betrügen lassen; Uhr und Geld waren der Preis einer schmeichelhaften Verlockung gewesen. Doch mit unvermindertem Eifer hob er jeden Handschuh auf, der vor ihm in die ergötzlichen Schranken des Abenteuers geworfen wurde.

Eines Abends schlenderte Rudolf eine Hauptstraße im früheren Zentrum der Stadt entlang.

Zwei Ströme von Menschen füllten die Bürgersteige – die Heimeilenden und das ruhelose Völkchen, das sein Heim für das trügerische Willkommen der im Tausendkerzenglanz erstrahlenden *table d'hôte* im Stich läßt.

Der junge Abenteurer war von angenehmer Gestalt und bewegte sich gelassen und hellwach. Tagsüber war er Verkäufer in einem Pianofortegeschäft. Seinen Binder trug er durch einen Topasring gezogen, statt ihn mit einer Krawattennadel zu befestigen; und einmal hatte er an den Herausgeber einer Zeitschrift geschrieben, »Junies Liebesprobe« von Miss Libbey sei das Buch gewesen, das sein Leben am meisten beeinflußt habe.

Während er so ging, lenkte ein heftiges Zähneklappern in einem Schaukasten auf dem Bürgersteig seine Aufmerksamkeit (mit einer Anwandlung von Übelkeit) auf ein Restaurant, vor dem der Kasten stand, doch ein zweiter Blick entdeckte ihm hoch über der nächsten Tür die Leuchtbuchstaben auf dem Schild eines Zahnarztes. Ein riesiger Neger in einem phantastischen Kostüm, rotgesticktem Rock, gelben Hosen und Militärmütze, verteilte unauffällig Karten an die Vorübergehenden, die sich nicht ablehnend verhielten.

Diese Form der Reklame für die Zahnheilkunde war für Rudolf ein alltäglicher Anblick. Gewöhnlich ging er an dem Verteiler der Geschäftskarten vorbei, ohne dessen Vorrat zu schmälern, doch heute abend schob ihm der Neger so geschickt eine Karte in die Hand, daß er sie behielt, ein wenig lächelnd über das erfolgreiche Heldenstückchen.

Als er schon ein paar Meter weitergegangen war, warf er einen gleichgültigen Blick auf die Karte. Überrascht drehte er sie um und sah interessiert noch einmal hin. Eine Seite der Karte war leer; auf der anderen standen, mit Tinte geschrieben, drei Worte: *Die grüne Tür.* Und dann sah Rudolf drei Schritte vor sich einen Mann die Karte zu Boden werfen, die ihm der Neger gegeben hatte, als er vorbeiging. Rudolf hob sie auf. Sie war mit dem Namen und der Adresse des Zahnarztes bedruckt, dem üblichen Preisverzeichnis für »Platten«, »Brücken« und »Kronen« und dem trügerischen Versprechen für »schmerzlose« Behandlung.

Der abenteuerliche Pianoforteverkäufer blieb an der Ecke stehen und überlegte. Dann überquerte er die Straße, ging einen Häuserblock weit zurück, überquerte abermals die Straße und reihte sich wieder in den hinaufziehenden Menschenstrom ein. Ohne scheinbar den Neger zu beachten, als er zum zweitenmal an ihm vorbeikam, nahm er achtlos die Karte, die ihm eingehändigt wurde. Zehn Schritte weiter untersuchte er sie. In derselben Handschrift, die auf der ersten Karte zu sehen war, stand darauf geschrieben *Die grüne Tür.* Drei oder vier Karten waren von nachfolgenden oder vorauseilenden Fußgängern auf das Pflaster geworfen. Sie lagen mit der weißen Seite nach oben. Rudolf drehte sie um. Alle trugen den gedruckten Hinweis auf die *Behandlungsräume* des Zahnarztes.

Selten hatte der Erzgeist Abenteuer es nötig, seinem getreuen Anhänger Rudolf Steiner zweimal zu winken. Aber er hatte es zweimal getan, und sogleich wurde die Spur aufgenommen.

Rudolf schlenderte langsam bis zu der Stelle, wo an dem Schaukasten mit den klappernden Zähnen der Neger stand. Diesmal bekam er beim Vorbeigehen keine Karte. Ungeachtet seiner bunten, lächerlichen Kleidung offenbarte der Neger eine natürliche, rauhe Würde, wie er so stand und einigen Leuten verbindlich die Karten überreichte, während er andere unbehelligt vorbeiließ. Alle halbe Minute leierte er einen quarrigen, unverständlichen Satz herunter, der eine gewisse Verwandtschaft mit dem Geplärr der Straßenbahnschaffner und der Großen Oper nicht verleugnen konnte. Und nicht nur eine Karte enthielt er ihm diesmal vor, sondern es schien Rudolf auch, als träfe ihn aus dem breiten, glänzenden schwarzen Gesicht ein Blick kalter, nahezu verächtlicher Geringschätzung.

Der Blick kränkte den Abenteurer. Er las aus ihm die stumme Anklage, daß er zu wünschen übriggelassen habe. Was auch die geheimnisvollen handschriftlichen Worte auf den Karten bedeuten mochten, zweimal hatte ihn der Neger als Empfänger aus der Schar erwählt und schien ihn jetzt verworfen zu haben als unzulänglich an Geist und Witz, das Rätsel anzupacken.

Abseits vom Gedränge stehend, versuchte der junge Mann rasch das Gebäude abzuschätzen, in dem er sein Abenteuer vermutete. Vier Stock hoch erhob es sich. Die Räume zu ebener Erde nahm ein kleines Restaurant ein.

Das Hochparterre, jetzt geschlossen, schien Putzwaren oder Pelze zu beherbergen. Den ersten Stock hatte, nach den flimmernden Leuchtbuchstaben zu schließen, der Zahnarzt inne. Darüber mühte sich ein vielzüngiges Babel von Schildern, auf das Asyl von Handlesern, Schneidern, Musikern und Ärzten hinzuweisen. Noch weiter oben kündeten drapierte Vorhänge und das Weiß der Milchflaschen auf den Fensterbänken von häuslichen Regionen.

Nachdem er sich auf diese Weise einen Überblick verschafft hatte, stieg Rudolf flink die Steintreppe empor und betrat das Haus. Ohne sich erst umzusehen, lief er zwei Absätze der teppichbelegten Innentreppe hinauf, oben blieb er stehen. Der Flur war schwach erleuchtet durch zwei bleiche Gasflammen – eine entfernt, rechts von ihm, die andere näher, zur Linken. Er wandte sich dem näheren Licht zu und erblickte in seinem blassen Schein eine grüne Tür. Einen Augenblick zögerte er, dann schien ihm, als sähe er das geringschätzige Hohnlächeln des schwarzen Kartengauklers vor sich, und er ging geradewegs zu der grünen Tür und klopfte.

Augenblicke wie die nun verstreichenden, ehe auf sein Klopfen eine Antwort erfolgte, sind bezeichnend für den raschen Atem des wahren Abenteuers. Was konnte nicht alles hinter dieser grünen Türfüllung sein! Spieler beim Spiel; schlaue Schurken, die mit unerhörter Geschicklichkeit ihre Köder auslegten; Schönheit in Mut verliebt und also mit der Absicht, von ihm begehrt zu werden; Gefahr, Tod, Liebe, Enttäuschung, Hohn – jedes davon mochte die Antwort auf das verwegene Klopfen sein.

Ein leises Rascheln, und langsam tat sich die Tür auf. Ein Mädchen von noch nicht zwanzig stand schwankend und mit weißem Gesicht vor ihm. Sie ließ den Türknauf los, taumelte leicht und suchte mit der Hand nach einem Halt. Rudolf fing sie auf und legte sie auf eine verschossene Chaiselongue, die an der Wand stand.

Er schloß die Tür und warf im Licht einer flakkernden Gasflamme einen schnellen Blick durch das Zimmer. Saubere, aber bitterste Armut war die Geschichte, die er las.

Das Mädchen lag still wie in einer Ohnmacht. Aufgeregt sah sich Rudolf in dem Zimmer nach einem Faß um. Über ein Faß rollen muß man Menschen, die – nein, das galt für Ertrunkene. Er begann sie mit seinem Hut zu fächeln. Das hatte Erfolg, denn er streifte ihre Nase mit dem Rand seiner Krempe, und sie schlug die Augen auf. Und dann sah der junge Mann, daß ihr Gesicht tatsächlich das vermißte unter all den vertrauten Porträts in der

Galerie seines Herzens war. Die klaren grauen Augen, die kleine, etwas schnippisch aufwärts gekehrte Nase, das kastanienbraune Haar, das sich wie die zarten Ranken der Ackerwinde kräuselte, schienen ihm das rechte Ziel und der Lohn all seiner wundervollen Abenteuer. Doch das Gesicht war zum Erbarmen schmal und blaß.

Das Mädchen blickte ihn ruhig an und lächelte dann.

»Umgekippt, nicht wahr?« fragte sie schwach. »Kein Wunder. Versuchen Sie mal, drei Tage ohne Essen auszukommen, und dann wollen wir sehn!«

»Himmel!« rief Rudolf und sprang auf. »Warten Sie, bis ich zurück bin.«

Er schoß aus der grünen Tür und sauste die Treppe hinunter. In zwanzig Minuten war er wieder da und klopfte mit der Fußspitze an die Tür, damit ihm das Mädchen öffne. Mit beiden Armen hielt er ein ganzes Warenlager vom Kaufmann und aus dem Restaurant umklammert. All das legte er auf den Tisch – Brot und Butter, kaltes Fleisch, Kuchen, Pasteten, saure Gurken, Austern, ein gebratenes Hühnchen, eine Flasche mit Milch und eine mit kochendheißem Tee.

»Es ist doch albern«, polterte Rudolf, »ohne Essen auskommen zu wollen. Solche Wetten mit sich selbst sollten Sie bleibenlassen. Das Abendessen ist fertig.« Er half ihr in einen Stuhl am Tisch und fragte: »Ist irgendwo eine Teetasse?« – »Auf dem Bord am Fenster«, antwortete sie. Als er sich, die Tasse in der Hand, wieder umdrehte, sah er, wie sie sich mit lüstern glänzenden Augen über eine riesige Dillgurke her machen wollte, die sie mit dem untrüglichen Instinkt der Frau aus den Papierbeuteln geangelt hatte. Er nahm sie ihr lachend fort und goß Milch in die Tasse. »Zuerst trinken Sie das«, befahl er, »und dann bekommen Sie etwas Tee und dann einen Hühnerflügel. Wenn Sie sehr brav sind, sollen Sie morgen eine saure Gurke haben. Und jetzt wollen wir speisen, wenn Sie mir erlauben, Ihr Gast zu sein.«

Er zog den anderen Stuhl heran. Der Tee machte die Augen des Mädchens leuchtender und gab ihr ein wenig Farbe zurück. Sie begann mit einer appetitlichen Grimmigkeit zu essen, wie ein ausgehungertes wildes Tier. Die Anwesenheit des jungen Mannes und die Hilfe, die er ihr geleistet hatte, schien sie als etwas ganz Natürliches anzusehen – nicht als ob sie Konventionen verachtete, sondern wie ein Mensch, dem das für ihn Allerwichtigste das Recht gibt, zugunsten des Menschlichen auf den schönen Schein zu verzichten. Doch mit der wiederkehrenden Kraft und Behaglichkeit kam allmählich auch das Gefühl für die kleinen Anstandsformen zurück, und sie erzählte ihm ihre kleine Geschichte. Sie war eine von Tausenden, die der Stadt jeden Tag nichts als Gähnen entlocken – die Geschichte vom Ladenmädchen mit dem unzureichenden Lohn, noch weiter geschmälert durch Geldbußen, die den Profit des Warenhauses steigern; die Geschichte von der durch Krankheit verlorenen Zeit; der dann verlorenen Stellung, Hoffnung und – vom Klopfen des Abenteurers an der grünen Tür.

Rudolf jedoch klang die Geschichte so gewaltig wie die »Ilias« oder der Höhepunkt in »Junies Liebesprobe«.

»Sich vorzustellen, daß Sie das alles durchgemacht haben!« rief er aus.

»Es war ein bißchen arg«, sagte das Mädchen ernst.

»Und Sie haben keine Verwandten oder Freunde in der Stadt?«

»Rein niemand.«

»Ich stehe auch allein in der Welt«, sagte Rudolf nach einer Pause.

»Das freut mich«, sagte das Mädchen schnell, und irgendwie gefiel es dem jungen Mann, daß ihr sein verwaister Zustand recht war. Ganz plötzlich fielen ihr die Augen zu, und sie seufzte tief.

»Ich bin schrecklich müde«, sagte sie, »und fühle mich so wohl.«

Rudolf stand auf und nahm seinen Hut.

»Dann sage ich jetzt gute Nacht. Ein langes Ausschlafen wird Ihnen guttun.«

Er streckte seine Hand hin, und sie nahm sie und sagte: »Gute Nacht.« Aber ihre Augen fragten so beredt, so offen und rührend, daß er die Antwort auf ihre Frage aussprach.

»Oh, morgen komme ich wieder, um nachzusehen, ob es Ihnen besser geht. So leicht werden Sie mich nicht los.«

Dann, an der Tür, als sei es viel weniger wichtig, wie er gekommen war, als daß er gekommen war, fragte sie: »Wie kam es, daß Sie an meine Tür klopften?«

Er sah sie einen Augenblick an, erinnerte sich an die Karten und fühlte einen jähen, eifersüchtigen Schmerz. Was, wenn diese Karten in andere, ebenso abenteuerliche Hände wie seine gefallen wären? Rasch entschied er, daß sie die Wahrheit nicht zu wissen brauchte. Nie sollte sie von ihm erfahren, daß er um den sonderbaren Ausweg wußte, zu dem ihre große Verzweiflung sie getrieben hatte.

»Einer von unsern Klavierstimmern wohnt hier im Haus«, sagte er. »Irrtümlich habe ich an Ihre Tür geklopft.«

Das letzte, was er in dem Zimmer sah, ehe sich die grüne Tür schloß, war ihr Lächeln.

Er blieb auf dem Treppenabsatz stehen und sah sich neugierig um. Und dann ging er den Flur hinunter bis zum andern Ende und kam zurück und stieg einen Stock höher und setzte seine verblüffende Untersuchung fort. Jede Tür, die er in dem Haus fand, war grün gestrichen.

Verwundert trat er auf den Bürgersteig. Der phantastische Neger stand immer noch da. Die beiden Karten in der Hand, trat Rudolf auf ihn zu.

»Wollen Sie mir vielleicht sagen, warum Sie mir diese Karten gegeben haben und was sie bedeuten?« fragte er.

Mit seinem breiten, gutmütigen Grinsen stellte der Neger ein prächtiges Werbeinserat für den Beruf seines Herrn dar.

»Da isses, Herr«, sagte er und deutete die Straße hinab. »Aber ich fürchte, Sie ein bißchen spät für ersten Akt.«

Mit den Augen der angedeuteten Richtung folgend, erblickte Rudolf über dem Eingang zu einem Theater die flammende Lichtreklame des neuen Stückes *Die grüne Tür.*

»Ich gesagt bekommen, is erste Klasseschau, Sir«, sagte der Neger. »Der Theatermann mir einen Dollar geben, Sir, wenn ich mische paar seine Karten unter die von Doktor. Wünschen Sir eine von Doktorkarten?«

An der Ecke des Blocks, in dem er wohnte, trank Rudolf ein Glas Bier und zündete sich eine Zigarre an. Als er mit dem glimmenden Kraut aus dem Restaurant herauskam, knöpfte er den

Paletot zu, schob seinen Hut nach hinten und sagte eigensinnig zu dem Laternenpfahl an der Ecke:

»Einerlei, ich glaube, es war die Hand des Schicksals, die mir den Weg zu ihr wies.«

Und diese Schlußfolgerung unter diesen Umständen erlaubt gewiß, diesen Mann unter die getreuen Anhänger des Märchens und des Abenteuers einzureihen.

## Der Schutzmann und der Choral

Soapy regte sich unbehaglich auf seiner Bank im Madison Square. Wenn nachts schrill die Wildgänse schreien, wenn Frauen ohne Sealmantel zu ihren Männern nett werden und wenn sich Soapy auf seiner Bank im Park unbehaglich regt, dann weiß man, daß der Winter nicht mehr fern ist.

Ein dürres Blatt fiel Soapy in den Schoß. Das war die Visitenkarte des gestrengen Herrn Frost. Er ist nett zu den Dauermietern im Madison Square und kündigt seinen jährlichen Besuch an, wie es sich gehört. An vier Straßenecken überreicht er dem Nordwind, dem hochherrschaftlichen Diener im großen Haus von Mutter Grün, seine Karte, so daß sich die Bewohner vorbereiten können.

Soapys Hirn registriert die Tatsache, daß es für ihn an der Zeit sei, sich zu einem Ein-Mann-Hilfskomitee gegen die nahende Winterkälte zu konstituieren. Und deshalb regte er sich unbehaglich auf seiner Bank.

Soapys Ehrgeiz, über den Winter zu kommen, war kein verstiegen hoher. Mittelmeerfahrten, einlullende südliche Himmel oder sachtes Dahintreiben im Golf von Neapel wurden nicht erwogen. Drei Monate Blackwell's Island, danach sehnte sich seine Seele. Drei Monate Kost, Logis und passende Gesellschaft, unbehelligt von Nordwinden und Blauröcken, das erschien Soapy als der Inbegriff alles Wünschenswerten.

Jahre hindurch war das gastliche Inselgefängnis sein Winterquartier gewesen. So, wie sich seine wohlhabenderen New-Yorker Mitbürger jeden Winter ihre Fahrkarten nach Palm Beach oder nach der Riviera gekauft hatten, so hatte Soapy seine bescheidenen Vorbereitungen für seine jährliche Hedschra nach der Insel getroffen. Und nun war es wieder soweit. In der letzten Nacht hatten drei unter das Jackett, um die Knöchel und über den Schoß verteilte Sonntagszeitungen nicht vermocht, die Kälte abzuhalten, als er in dem alten Park auf seiner Bank beim Springbrunnen schlief. Mächtig und willkommen tauchte daher in Soapys Gedanken die Insel auf. Die im Namen der christlichen Nächstenliebe für die Sozialempfänger der Stadt erdachte Fürsorge verschmähte er. Nach Soapys Meinung war das Gesetz mildtätiger als die Philanthropie. Es gab eine endlose Reihe städtischer und wohltätiger Institutionen, bei denen er hätte vorstellig werden und eine den bescheidenen Verhältnissen angepaßte Unterkunft und Verpflegung erhalten können. Aber für jemand von Soapys stolzer

Gesinnung gab es bei milden Gaben gewisse Grenzen. Jede aus den Händen der Philanthropie empfangene Wohltat muß man, wenn nicht in barer Münze, mit geistiger Demütigung bezahlen. Wie Cäsar seinen Brutus hatte, so muß jedes von der christlichen Nächstenliebe gewährte Bett seinen Tribut an Reinlichkeit, jedes Brot seine Vergütung einer Inquisition auf Leib und Seele haben. Deshalb ist es besser, ein Gast des Gesetzes zu sein, das sich, obgleich von Vorschriften geleitet, nicht ungebührlich mit den Privatangelegenheiten eines Gentleman befaßt.

Nachdem Soapy beschlossen hatte, auf die Insel zu gehen, begann er sogleich, sich an die Ausführung seines Verlangens zu machen. Dafür gab es viele bequeme Möglichkeiten. Die angenehmste war, in einem teuren Restaurant zu schlemmen und dann, wenn er seine Zahlungsunfähigkeit erklärt hatte, still und ohne Aufsehen einem Polizisten übergeben zu werden. Ein gefälliger Polizeirichter würde das übrige besorgen.

Soapy verließ seine Bank, strolchte aus dem Park und über das glatte Asphaltmeer, wo der Broadway und die Fifth Avenue zusammenfließen. Er wandte sich den Broadway hinauf und machte vor einem glitzernden Luxusrestaurant halt, wo sich Nacht für Nacht die erlesensten Produkte der Weintraube, der Seidenraupe und des Protoplasmas zueinandergesellen.

Soapy hatte Vertrauen zu sich, vom untersten Westenknopf an aufwärts. Er war rasiert, sein Jackett war anständig, und die saubere eiserne Fliege hatte er am Danksagungstag von einer Missionsdame erhalten. Wenn er in dem Restaurant, ohne Verdacht zu erregen, an einen Tisch gelangen konnte, wäre der Erfolg sein. Der Teil von ihm, der oberhalb des Tisches sichtbar wäre, würde beim Kellner keinen Argwohn erwecken. Eine gebratene Wildente, überlegte Soapy, wäre gerade das richtige, dazu eine Flasche Chablis und dann Camembert, ein Täßchen Kaffee und eine Zigarre. Ein Dollar für die Zigarre wäre genug. Die Summe würde nicht so hoch werden, um bei der Geschäftsleitung mächtige Vergeltungsgelüste hervorzurufen, und er würde satt und glücklich die Reise in seine Winterzuflucht antreten.

Doch als Soapy den Fuß über die Schwelle des Restaurants setzte, fiel der Blick des Oberkellners auf seine abgewetzten Hosen und seine ausgelatschten Trittlinge. Flinke, kräftige Hände drehten ihn herum, beförderten ihn lautlos und eilig auf den Bürgersteig und verhüteten den unwürdigen Untergang der bedrohten Wildente.

Soapy kehrte dem Broadway den Rücken. Es hatte den Anschein, als sollte sein Weg nach der ersehnten Insel nicht der eines Feinschmeckers sein. Man mußte sich etwas anderes einfallen lassen, um ins Gefängnis zu kommen.

An einer Ecke der Sixth Avenue war durch die elektrische Beleuchtung und die verführerisch hinter Spiegelglas ausgestellten Waren ein Schaufenster besonders auffallend. Soapy nahm einen Stein und pfefferte ihn durch das Glas. Leute kamen um die Ecke gelaufen, voneweg ein Polizist. Soapy blieb stehen, die Hände in den Hosentaschen, und lächelte, als er die Messingknöpfe sah.

»Wer war das?« fragte der Polizist aufgeregt.

»Können Sie sich nicht vorstellen, daß ich was damit zu tun haben könnte?« sagte Soapy nicht ohne Spott, aber freundlich, wie man einen glücklichen Zufall begrüßt.

Der Verstand des Polizisten weigerte sich, Soapy auch nur als Anhaltspunkt anzuerkennen. Leute, die Scheiben einwerfen, bleiben nicht stehen, um mit den Dienern des Gesetzes zu verhandeln. Sie geben Fersengeld. Der Polizist sah auf halber Höhe der Straße einen Mann nach der Bahn laufen. Mit gezogenem Gummiknüppel nahm er die Verfolgung auf. Zum zweitenmal erfolglos, und mit Abscheu im Herzen schlurfte Soapy davon.

Auf der gegenüberliegenden Straßenseite lag ein nicht sehr anspruchsvolles Lokal. Es war auf großen Appetit und bescheidene Geldbörsen eingestellt. Geschirr und Luft waren dick, Suppe und Tischdecken dünn. In dies Haus trug Soapy seine denunzierenden Schuhe und verräterischen Hosen, ohne abgewiesen zu werden. Er setzte sich an einen Tisch und aß Beefsteak, Kartoffelpuffer, Pfannkuchen und Pudding. Dann machte er den Kellner mit der Tatsache bekannt, daß er auch nicht die kleinste Münze zu seinem Freundeskreis zählte.

»Also beeil dich und ruf einen Schutzmann«, sagte Soapy. »Und laß einen Gentleman nicht warten!«

»Für einen wie dich doch keinen Schutzmann«, entgegnete der Kellner mit einer Stimme wie Butterkeks und einem Blick wie die Kirsche im Manhattan Cocktail. »He, Con!«

Zwei Kellner schlugen Soapy fein säuberlich mit dem linken Ohr auf das harte Pflaster. Glied für Glied erhob er sich, wie sich ein Zollstock öffnet, und klopfte den Staub von den Kleidern. Der Arrest schien nur ein rosiger Traum. Die Insel schien sehr weit entfernt. Ein Polizist, der zwei Türen weiter vor einem Drugstore stand, lachte und ging die Straße hinunter.

Fünf Straßen durcheilte Soapy, ehe ihm sein Mut erlaubte, wieder um eine Verhaftung zu buhlen. Diesmal bot sich eine Gelegenheit, die er in seiner Einfalt eine »todsichere Sache« nannte. Ein Mädchen von sittsamem und gefälligem Äußeren stand vor einem Schaufenster und besah sich ungeheuer interessiert die Auslage von Rasiertöpfen und Tintenfässern, und zwei Meter von dem Schaufenster entfernt lehnte ein streng aussehender, baumlanger Polizist an einem Hydranten.

Soapys Plan war, die Rolle des gemeinen, abscheulichen »Schwerenöters« zu spielen. Die feine und elegante Erscheinung seines Opfers und die Nähe des gewissenhaften Schutzmannes ermutigten ihn, zu glauben, er werde bald den angenehmen Beamtengriff an seinem Arm spüren, der ihm sein Winterquartier auf der besten kleinen, festen Insel sichern würde.

Soapy zupfte an der eisernen Fliege der Missionsdame, zog seine hochgerutschten Manschetten heraus, gab seinem Hut einen verwegenen Pfiff und machte sich an die junge Frauensperson heran. Er warf ihr Blicke zu, bekam einen Anfall von Hüsteln und Räuspern, lächelte, griente und betete frech die ganze unverschämte und nichtswürdige Litanei des »Schwerenöters« herunter. Mit einem halben Auge sah Soapy, daß ihn der Polizist unverwandt beobachtete. Das Mädchen ging ein paar Schritte weiter und widmete aufs neue ihre hingebungsvolle Aufmerksamkeit den Rasiertöpfen. Soapy folgte ihr, trat keck an ihre Seite, lüftete den Hut und sagte: »Ei potz, sieh da, Bedelia! Komm und spiel mit mir!«

Der Polizist beobachtete ihn noch immer. Das belästigte Mädchen brauchte nur mit dem Finger zu winken, und Soapy wäre praktisch unterwegs zu seinem Inselhafen. Er bildete sich bereits ein, die behagliche Wärme der Polizeiwache zu spüren. Das Mädchen wandte ihm das Gesicht zu, streckte die Hand aus und packte Soapy am Ärmel.

»Klar, Mike«, sagte sie erfreut, »wenn du ein Glas Bier springen läßt? Ich hätte schon früher mit dir geredet, aber der Polizist hat hergesehen.«

Mit dem Mädchen, das sich wie Efeu an die Eiche Soapy klammerte, ging er, von düsterer Schwermut überwältigt, an dem Polizisten vorbei. Er schien zur Freiheit verdammt.

An der nächsten Ecke schüttelte er seine Begleiterin ab und rannte. Er machte in dem Viertel halt, wo nachts die hellsten Straßen und die leichtesten Herzen, Schwüre und Librettos zu finden sind. Frauen in Pelzen und Männer in Überziehern tummelten sich fröhlich in der Winterluft. Eine jähe Angst packte Soapy, daß ihn irgendeine Zauberei gegen Verhaftung immun gemacht habe. Dieser Gedanke versetzte ihn in Panik, und als er wieder auf einen Polizisten traf, der großmächtig vor einem prachtglänzenden Theater herumstand, griff er nach dem naheliegenden Strohhalm des »ungebührlichen Betragens«.

So laut seine rauhe Stimme es zuließ, begann Soapy auf dem Bürgersteig betrunkenen Unsinn herauszuschreien. Er tanzte, heulte, tobte und belästigte auch noch auf andere Art das Firmament.

Der Polizist wirbelte seinen Gummiknüppel herum, kehrte Soapy den Rücken und bemerkte zu einem Bürger:

»Einer von diesen Yale-Burschen, der feiert, weil sie dem Hartford College eine Niederlage verpaßt haben. Laut, aber harmlos. Wir haben Anweisung, sie zu lassen.«

Verzweifelt hörte Soapy mit seinem nutzlosen Spektakel auf. Wollte denn nie und nimmer ein Polizist Hand an ihn legen? In seiner Vorstellung wurde die Insel zu einem unerreichbaren Arkadien. Er knöpfte seinen dünnen Rock zu, da ein kalter Wind wehte.

In einem Zigarrenladen sah er einen gutangezogenen Mann, der sich an einer Pendelflamme eine Zigarre anzündete. Den seidenen Regenschirm hatte er beim Eintreten an die Tür gestellt. Soapy ging hinein, nahm den Schirm und bummelte damit langsam fort. Der Mann am Zigarrenzünder folgte ihm eilig.

»Mein Schirm!« sagte er streng.

»Oh, wirklich?« höhnte Soapy und fügte so noch Beleidigung zu dem kleinen Diebstahl. »Warum rufen Sie dann nicht einen Polizisten? Ich hab' ihn genommen. Ihren Schirm. Warum rufen Sie keinen Polizisten? Da an der Ecke steht einer.«

Der Regenschirmbesitzer verlangsamte den Schritt. Soapy tat es ebenfalls, in einer dunklen Vorahnung, daß ihm das Glück wieder einmal nicht günstig sein werde. Der Polizist blickte neugierig zu den beiden hinüber.

»Natürlich«, sagte der Regenschirmmann, »das heißt ... na ja, Sie wissen, wie solche Irrtümer entstehen ... ich ... wenn es Ihr Schirm ist, werden Sie mir hoffentlich verzeihen ... ich habe ihn heute vormittag in einem Lokal mitgenommen ... wenn Sie ihn als den Ihren wiedererkennen, tja ... hoffentlich werden Sie ...«

»Natürlich ist es meiner«, sagte Soapy giftig.

Der Exregenschirmmann trat den Rückzug an. Der Polizist beeilte sich, einer großen Blondine im Theaterumhang beim Überqueren der Straße behilflich zu sein, da sich in einer Entfernung von zwei Häuserblocks eine Straßenbahn näherte.

Soapy wanderte durch eine von Bauarbeiten verunstaltete Straße nach Osten. Wütend feuerte er den Schirm in eine Baugrube. Er murrte gegen die Männer, die Helme und Gummiknüppel tragen. Weil er sehnlichst wünschte, in ihre Klauen zu fallen, schienen sie ihn für einen König zu halten, der nichts Unrechtes tun konnte.

Schließlich erreichte Soapy eine der in östlicher Richtung verlaufenden Avenues, wo es nur wenig Glanz und Tumult gab. Hier wandte er die Nase stadteinwärts zum Madison Square, denn der Heiminstinkt ist nicht totzukriegen, selbst wenn das Heim nur eine Parkbank ist.

Doch an einer ungewöhnlich ruhigen Ecke blieb Soapy stehen. Hier war eine alte Kirche, anheimelnd, unregelmäßig angelegt und mit Giebeln. Durch ein Fenster mit violetten Farbflecken glühte ein mildes Licht, dort, wo sicherlich noch der Organist über den Tasten verweilte und sich seiner Meisterschaft für den nächsten Sonntagschoral vergewisserte, denn an Soapys Ohr wehte eine holde Musik, die ihn gefangennahm und ihn reglos an die Ranken des Eisengitters festnagelte.

Oben leuchtete hell und heiter der Mond, nur wenige Fahrzeuge und Fußgänger waren auf der Straße, Spatzen tschilpten schläfrig in den Dachtraufen – eine Weile hätte man den Schauplatz für einen ländlichen Kirchhof halten können. Und der Choral, den der Organist spielte, schmiedete Soapy an das Eisengitter, denn in jenen Tagen, als es in seinem Leben noch so etwas wie Mütter und Rosen und Streben und Freunde und makellose Gedanken und Hemdkragen gegeben hatte, war er ihm gut bekannt gewesen.

Die Verbindung zwischen Soapys empfänglichem Gemütszustand und den von der alten Kirche ausströmenden Einflüssen bewirkte eine plötzliche und wundersame Veränderung in seiner Seele. Mit jähem Entsetzen erblickte er den Abgrund, in den er getaumelt war, die erniedrigenden Tage, würdelosen Wünsche, erloschenen Hoffnungen, gescheiterten Talente und erbärmlichen Motive, die sein Dasein ausmachten.

Und jäh antwortete auch sein Herz erschauernd diesem neuen Gefühl. Ein blitzartiges, heftiges Verlangen trieb ihn, gegen sein hoffnungsloses Geschick anzukämpfen. Er würde sich selber aus dem Dreck ziehen; er würde wieder einen Menschen aus sich machen; er würde das Böse besiegen, das von ihm Besitz ergriffen hatte. Noch war Zeit dazu, er war noch verhältnismäßig jung. Er würde sein früheres eifriges Streben wieder zum Leben erwecken und ohne Schwanken fortsetzen. Die feierlichen und doch so süßen Orgeltöne hatten in ihm eine Revolution ausgelöst. Morgen würde er ins Geschäftsviertel gehen und Arbeit suchen. Eine Pelzfirma hatte ihm einmal eine Stelle als Fahrer angeboten. Er würde sie morgen aufsuchen und nach der Stelle fragen. Er würde jemand sein in der Welt. Er würde...

Soapy spürte eine Hand auf seinem Arm. Schnell blickte er sich um und sah in das breite Gesicht eines Polizisten.

»Was machen Sie hier?« fragte der Beamte.

»Nichts«, erwiderte Soapy.

»Dann kommen Sie mal«, sagte der Polizist.

»Drei Monate Insel«, verkündete am nächsten Morgen der Richter auf dem Polizeigericht.

## Höhen- und Tiefenforschung

Wenn du ein Philosoph bist, kannst du folgendes tun: Du kannst auf das Dach eines hohen Gebäudes klettern, auf deine Mitmenschen, einhundert Meter unter dir, herabsehen und sie als Insekten verachten. Wie die unzurechnungsfähigen Wasserwanzen auf sommerlichen Teichen, so krabbeln und kreisen und drängen sie wie blödsinnig und ohne Plan und Ziel herum. Sie bewegen sich nicht einmal mit der bewundernswerten Intelligenz von Ameisen, denn Ameisen wissen immer, wann sie nach Hause gehen müssen. Die Ameise gehört zu einer niedrigen Station des Lebens, aber oft hat sie schon ihr Heim erreicht und ihre Pantoffeln angezogen, während du auf deiner Hochbahnstation zurückgeblieben bist.

Dem Philosophen auf dem Dach des Gebäudes erscheinen also die Menschen nur als kriechende, verächtliche Käfer. Makler, Dichter, Millionäre, Hoteldiener, Schönheiten, Mörtelträger und Politiker werden zu kleinen schwarzen Flecken, die in Straßen, die nicht breiter sind als dein Daumen, größeren schwarzen Flecken ausweichen.

Von diesem erhabenen Gesichtspunkt aus wird sogar die Stadt selbst zu einer unverständlichen Anhäufung verzerrter Gebäude und unmöglicher Perspektiven erniedrigt, der verehrte Ozean ist ein Ententümpel, die Erde ein verlorener Golfball. Alle Kleinigkeiten des Lebens sind verschwunden. Der Philosoph blickt in die unendlichen Himmel über ihm und gestattet seiner Seele, sich unter dem Einfluß des neuen Standpunktes zu weiten. Er fühlt sich als Erbe der Ewigkeit und Kind der Zeit. Auch der Raum sollte durch das Vorrecht seines unsterblichen Erbanspruches ihm gehören, und er erschauert bei dem Gedanken, daß seine Art eines Tages jene geheimnisvollen Luftstraßen zwischen Planet und Planet durchwandern wird. Die winzige Welt zu seinen Füßen, auf der diese hochgetürmte Stahlkonstruktion wie ein Staubflöckchen auf dem Himalaja ruht – sie ist nichts als eine Unzahl wirbelnder Atome. Was sind Ehrgeiz, Heldentaten, armselige Eroberungen und Liebe dieser rastlosen schwarzen Insekten da unten im Vergleich zu der klaren, erhabenen Unermeßlichkeit des Universums über ihrer unbedeutenden Stadt und ringsum?

Es ist verbürgt, daß der Philosoph solche Gedanken haben wird. Sie sind eigens aus allen philosophischen Systemen der Welt zusammengetragen und am Ende mit einem Fragezeichen versehen, um das unveränderliche Grübeln tiefer Denker auf hohen Gebäuden zu charakterisieren. Und wenn der Philosoph mit dem Lift hinunterfährt, ist seine Seele weiter, hat sein Herz Frieden, und seine Vorstellung über die Weltentstehung ist so breit wie die Schnalle an Orions Sommergürtel.

Aber wenn du zufällig Daisy heißen solltest, in einem Konfitürengeschäft der Eighth Street arbeitest, in einer kalten kleinen Flurkammer von anderthalb mal zweieinhalb Meter haust, sechs Dollar die Woche verdienst, Zehncentmittagessen ißt, neunzehn Jahre alt bist, früh um halb sieben aufstehst und bis abends um neun arbeitest und nie Philosophie studiert hast, werden dir vom Dach eines Wolkenkratzers aus diese Dinge vielleicht nicht so vorkommen.

Zwei schmachten nach der Hand Daisys, der Unphilosophischen. Der eine war Joe, der den kleinsten Laden von New York hatte. Er war etwa so groß wie ein Gerätekasten des Arbeitsministeriums und war wie ein Schwalbennest an die Ecke eines Wolkenkratzers in der City geklebt. Sein Vorratslager bestand, je nach der Jahreszeit, aus Obst, Süßigkeiten, Zeitungen, Gesangbüchern, Zigaretten und Erfrischungsgetränken. Wenn der gestrenge Winter seine vereisten Locken schüttelte und Joe mit seinem Obst hineinziehen mußte, war in der Bude haargenau Platz für den Eigentümer, seine Waren, einen Ofen von der Größe eines Essigkrugs und für einen Kunden.

Joe gehörte nicht jenem Volk an, das bei uns zu allen Zeiten mit Fugen und Früchten Furore macht. Er war ein tüchtiger junger Amerikaner, der Geld sparte und der wollte, daß Daisy ihm half, es auszugeben. Dreimal hatte er sie gefragt.

»Ich hab' Geld gespart, Daisy«, ging sein Liebeslied, »und du weißt, wie schrecklich gern ich dich haben möchte. Mein Laden ist ja nicht sehr groß, aber...«

»Oh, wirklich nicht?« fiel die Stimme der Unphilosophischen in den Wechselgesang ein. »Aber habe doch gehört, das Kaufhaus Wanamaker liegt dir in den Ohren, weil es dir für nächstes Jahr gern einen Teil des Ladenraumes abmieten möchte.«

Jeden Morgen und jeden Abend ging Daisy an Joes Ecke vorbei.

»Hallo, Winzki!« war ihre übliche Begrüßung. »Dein Laden sieht mir irgendwie leerer aus. Du hast wohl ein Päckchen Kaugummi verkauft?«

»Viel Platz ist ja hier nicht«, gab Joe dann mit einem behaglichen Grinsen zurück, »nur noch für dich, Daise. Ich und der Laden warten auf dich, wann du uns nehmen willst. Meinst du nicht, das könnte vielleicht bald sein?«

»Laden!« – Daisys erhobene Nase drückte tiefe Verachtung aus. – »Sardinenbüchse! Auf mich warten, sagst du? Geh! Erst müßtest du hundert Pfund Süßigkeiten 'rauswerfen, eh' ich 'rein könnte, Joe.«

»Auf solch einen Tausch sollte es mir nicht ankommen«, sagte Joe höflich.

Daisys Dasein war in jeder Hinsicht begrenzt. Zwischen dem Ladentisch und den Regalen in ihrem Konfitürengeschäft mußte sie sich seitwärts durchschlängeln. In ihrer Flurkammer zu Hause war die Traulichkeit schon mehr eine plumpe Vertraulichkeit. Die Wände standen so dicht beieinander, daß die Zeitungen, mit denen sie beklebt waren, die reinste Sprachverwirrung hervorriefen. Sie konnte mit einer Hand das Gas anzünden und mit der andern die Tür schließen, ohne die Augen von dem Spiegelbild ihrer braunen Pompadourfrisur abzuwenden. Auf der Frisierkommode hatte sie Joes Bild in einem vergoldeten Rahmen stehen, und manchmal – aber ihr nächster Gedanke galt dann schon immer Joes ulkigem kleinem Laden, der wie eine Seifenschachtel an der Ecke des großen Gebäudes klebte, und ihre Gefühlsregung wurde von stürmischem Gelächter verweht.

Daisys anderer Verehrer folgte Joe in einem Abstand von ein paar Monaten. Er war Kostgänger in demselben Haus, in dem sie wohnte. Er hieß Dabster und war ein Philosoph. Obwohl noch jung an Jahren, waren seine Kenntnisse so auffallend wie die Etiketten vom Kontinent am Handkoffer eines

Herrn Passaic (New Jersey). Aus Enzyklopädien und Handbüchern für Belehrung hatte er Wissen gekidnappt; aber als die Weisheit vorbeifuhr, blieb er schnüffelnd auf der Straße zurück, ohne sich auch nur ihre Autonummer gemerkt zu haben. Er hätte euch die Zusammensetzung des Wassers sagen können und es auch getan; die muskelbildenden Eigenschaften von Erbsen und Kalbfleisch; den kürzesten Bibelvers; wieviel Pfund Schindelnägel man braucht, um zweihundertsechsundfünfzig Schindeln zu befestigen, die man gegen das Wetter je vier Zoll übereinanderlappt; die Bevölkerungszahl von Kankakee, Illinois; Spinozas Lehren; den Namen des zweiten Empfangsdieners von Mr. H. McKay Twombly; die Länge des Hoosac-Tunnels; die beste Setzzeit für eine Henne; das Gehalt des Eisenbahnpostkuriers zwischen Driftwood und Red Bank Furnace, Pennsylvania; und wieviel Knochen die Vorderbeine einer Katze haben.

Diese Bildungslast war für Dabster kein Handikap. Seine Statistiken waren die Petersilienstengel, mit denen er die Festschüssel Geplauder garnierte, die er dir vorsetzte, wenn er meinte, du hättest Appetit danach. Obendrein benutzte er sie auch als Brustwehr beim Furagieren in dem Boarding-House. Eine Salve Zahlen über das Gewicht eines fußlangen Stabeisens von fünf mal zweidreiviertel

Zoll und die durchschnittliche Regenmenge in Fort Snelling, Minnesota, auf dich abfeuernd, bohrte er seine Gabel in das beste Stück Hühnchen auf der Platte, während du dich genügend zu sammeln suchtest, um ihn mit schwacher Stimme zu fragen, warum Hühner über die Straße laufen.

Derart glänzend bewaffnet und überdies noch mit einer Portion Ansehnlichkeit von der haaröligen Ladenviertedreiuhrnachmittagsart ausgestattet, schien es, als wäre Dabster für Joe aus dem Liliputladen ein Rivale geworden, der seines Dolches wert war. Doch Joe trug keinen Dolch. In seinem Laden wäre, wenn er einen gehabt hätte, kein Platz gewesen, ihn zu zücken.

Eines Sonnabendnachmittags gegen vier Uhr machten Daisy und Mr. Dabster vor Joes Bude halt. Dabster trug einen Zylinder, und – nun ja, Daisy war eine Frau, und dieser Hut hatte nicht die geringste Aussicht, wieder in seine Schachtel zu gelangen, ehe ihn Joe gesehen hatte. Ein Stück Ananaskaugummi war der angebliche Grund für den Besuch. Joe reichte es durch die offene Seite seines Ladens. Weder erbleichte noch zitterte er beim Anblick des Hutes.

»Mister Dabster nimmt mich mit auf das Dach, damit ich die Aussicht bewundern kann«, sagte Daisy, nachdem sie ihre Anbeter miteinander bekannt gemacht hatte. »Ich war noch nie auf einem

Wolkenkratzer. Ich denke, es muß schrecklich nett und komisch da oben sein.«

»Hm!« machte Joe.

»Das Panorama«, sagte Mr. Dabster, »das sich dem Blick vom Dach eines himmelanstrebenden Gebäudes bietet, ist nicht nur köstlich, sondern auch lehrreich. Miss Daisy steht ganz gewiß ein Vergnügen bevor.«

»Da oben ist es wohl auch windig, genauso wie hier«, sagte Joe. »Bist du warm genug angezogen, Daise?«

»Allemal! Bei mir ist alles in Ordnung«, sagte Daisy und lächelte über seine bewölkte Stirn. »Du siehst aus wie eine Mumie im Kasten, Joe. Hast du vielleicht gerade eine Lieferung von einer Pinte Erdnüsse oder noch einen Apfel bekommen? Dein Laden sieht schrecklich überladen aus.«

Daisy kicherte über ihren Lieblingswitz, und Joe mußte mitlächeln.

»Ihr Quartier ist etwas klein, Mister ... äh ... äh«, bemerkte Dabster, »im Vergleich zu der Größe dieses Gebäudes. Soviel ich weiß, hat die Seitenfront einen Flächeninhalt von einhundertdreizehn mal dreiunddreißig Metern. Im Verhältnis dazu nehmen Sie einen Raum ein, als wäre die Hälfte von Belutschistan auf ein Gebiet von der Größe der Vereinigten Staaten östlich der Rocky Mountains, einschließlich der Provinz Ontario und Belgiens, gebracht.«

»Was Sie nicht sagen, alter Freund!« erwiderte Joe fröhlich. »Sie sind wirklich ein Schlaumeier in Zahlen. Was denken Sie, wieviel Quadratpfund gebündeltes Heu ein Esel fressen kann, wenn er mit seinem Iahen aufgehört hat, um eine Minute und fünf Achtel still zu sein?«

Ein paar Minuten später verließen Daisy und Mr. Dabster den Fahrstuhl im obersten Stockwerk des Wolkenkratzers. Dann eine kurze, steile Treppe hinan und auf das Dach hinaus. Dabster führte sie an die Brüstung, damit sie auf die schwarzen Pünktchen hinabsehen konnte, die sich unten auf der Straße bewegten.

»Was ist das?« fragte sie zitternd. Nie zuvor war sie in solcher Höhe gewesen.

Und dann mußte Dabster natürlich den Philosophen auf dem Turm spielen und ihre Seele der Unermeßlichkeit des Raumes entgegenführen.

»Zweifüßer«, sagte er feierlich. »Sehen Sie nur, was sie schon aus einer so geringen Höhe von einhundertdreizehn Metern werden – bloß krabbelnde Insekten, die blindlings hierhin und dorthin laufen.«

»Oh«, rief Daisy plötzlich, »das stimmt nicht – es sind Leute! Ich hab' ein Auto gesehn. Nun sagen Sie bloß! So hoch sind wir?«

»Kommen Sie hier entlang«, sagte Dabster.

Er zeigte ihr die große Stadt, die weit unten wie

ordentlich aufgereihtes Spielzeug lag, hier und da, so früh am Tage es auch noch war, mit den ersten Signallichtern des Winternachmittags bestirnt. Und dann die Bai und die See, die gegen Süden und Osten auf geheimnisvolle Weise im Himmel verschwanden.

»Ich mag das nicht«, erklärte Daisy mit verstörten blauen Augen. »Ich bin dafür, 'runterzugehn.«

Doch der Philosoph ließ sich nicht um seine Gelegenheit bringen. Er wollte sie die Erhabenheit seines Geistes sehen lassen, den Halbnelson, mit dem er das Unendliche gepackt hielt, und sein Gedächtnis für Statistiken. Und dann würde sie sich nie wieder damit zufriedengeben, in der kleinsten Bude von New York Kaugummi zu kaufen. Und so begann er nun von der Winzigkeit der menschlichen Angelegenheiten zu sprechen und wie schon eine so kleine Entfernung von der Erde den Menschen und seine Werke wie den zehnten Teil eines Dollars erscheinen lasse, dreimal nachgerechnet. Und daß man das Sternensystem und die Maximen Epiktets betrachten und daraus Trost ziehen sollte.

»Mich können Sie nicht begeistern«, sagte Daisy. »Ich finde es schrecklich, so hoch oben zu sein, daß die Leute wie Flöhe aussehn. Einer von denen, die wir gesehen haben, ist vielleicht Joe gewesen. Ach, Jimmy! Ebensogut könnten wir in New Jersey sein! Ich habe Angst hier oben!«

Der Philosoph lächelte überlegen.

»Die Erde«, sagte er, »ist selber nur ein Weizenkorn im Raum. Blicken Sie da hinauf.«

Daisy blickte furchtsam hinauf. Der kurze Tag war dahin, und die Sterne kamen heraus.

»Der Stern dort«, sagte Dabster, »ist die Venus, der Abendstern. Er ist sechsundsechzig Millionen Meilen von der Sonne entfernt.«

»Quatsch!« sagte Daisy mit einem kurzen Aufflammen von Lebhaftigkeit. »Wofür halten Sie mich? Denken Sie, ich komme aus – Brooklyn? Susie Price, in unserm Laden – ihr Bruder hat ihr eine Fahrkarte nach San Francisco geschickt – und das ist bloß dreitausend Meilen weit.«

Der Philosoph lächelte nachsichtig.

»Unsere Welt«, sagte er, »ist einundneunzig Millionen Meilen von der Sonne entfernt. Es gibt achtzehn Sterne erster Größe, die zweihundertelftausendmal weiter von uns entfernt sind als die Sonne. Wenn einer von ihnen erlöschen sollte, würde es drei Jahre dauern, bis wir sein Licht schwinden sähen. Es gibt sechstausend Sterne sechster Größe. Das Licht eines dieser Sterne braucht sechsunddreißig Jahre, bis es uns erreicht. Mit einem fünfeinhalb Meter langen Fernrohr können wir dreiundvierzig Millionen Sterne sehen, einschließlich jener der dreizehnten Größe, deren Licht zweitausendsiebenhundert Jahre bis zu uns braucht. Jeder von diesen Sternen . . .«

»Sie lügen«, rief Daisy ärgerlich. »Sie wollen mir einen Schreck einjagen. Und das haben Sie; ich will 'runter!«

Sie stampfte mit dem Fuß auf.

»Arcturus...«, begann der Philosoph besänftigend, doch da wurde er durch eine anschauliche Darstellung unterbrochen, wie sie die Unermeßlichkeit der Natur liefert, die er mit seinem Gedächtnis statt mit seinem Herzen zu schildern bemüht war. Denn wer die Natur mit dem Herzen erläutert, für den sind die Sterne eigens ans Firmament geheftet, damit sie Liebenden, die glücklich unter ihnen einherwandern, sanftes Licht geben; und wenn ihr euch in einer Septembernacht mit eurer Liebsten im Arm auf Zehenspitzen stellt, könnt ihr sie beinahe mit der Hand greifen. Und da soll ihr Licht drei Jahre bis zu uns brauchen!

Von Westen her kam ein Meteor herangeschossen und erleuchtete das Dach des Wolkenkratzers fast mittagshell. Seine glühende Parabel zeichnete sich nach Osten gegen den Himmel ab. Er pfiff im Fallen, und Daisy kreischte auf.

»Bringen Sie mich 'runter«, schrie sie heftig, »Sie – Sie Gehirnakrobat!«

Dabster brachte sie zum Fahrstuhl. Sie hatte wilde Augen und schauderte, als der Expreß hinabsauste und ihr die Knie weich machte.

Jenseits der Drehtür des Wolkenkratzers verlor

sie der Philosoph aus den Augen. Sie verschwand, und er stand verwirrt da, und keine Zahlen oder Statistiken konnten ihm helfen.

Joe machte gerade eine Geschäftspause, und indem er sich zwischen Waren krümmte und wand, gelang es ihm, eine Zigarette anzuzünden und einen kalten Fuß an den schwächlichen Ofen zu stellen.

Die Tür wurde aufgestoßen, und lachend, weinend, Obst und Süßigkeiten umwerfend, stürzte Daisy in seine Arme.

»O Joe, ich war auf dem Wolkenkratzer. Ist es hier nicht gemütlich und warm und wie zu Hause! Ich bin bereit, Joe, wann immer du mich willst.«

## Erinnerungen eines gelben Hundes

Es wird euch Menschen wohl nicht gleich um-
hauen, den Beitrag eines Tieres zu lesen. Kipling und
noch viele andere haben die Tatsache bewiesen, daß
sich Tiere in erträglichem Englisch auszudrücken
verstehen, und abgesehen von den altmodischen
Monatsschriften, die immer noch Bilder des Präsi-
dentschaftskandidaten Bryan und vom Ausbruch des
Vulkans Montagne Pelée bringen, geht heutzutage
keine Zeitschrift ohne eine Tiergeschichte in Druck.

Hochtrabende Literatur, wie sie Bäroo, der Bär,
Schlangoo, die Schlange, und Tigroo, der Tiger, in
den Dschungelbüchern erzählen, braucht ihr aber in
meiner Arbeit nicht zu suchen. Von einem gelben
Hund, der die meiste Zeit seines Lebens in einer
billigen New Yorker Mietwohnung verbrachte
und in einer Ecke auf einem alten Satinunterrock
geschlafen hat (dem, auf den sie sich bei dem Ban-
kett der weiblichen Müllabfuhr Portwein gegossen
hat), soll man keine besonderen Kniffe in der Kunst
des Ausdrucks erwarten.

Ich wurde als gelbes Hündchen geboren; Datum,
Ort, Abstammung und Gewicht unbekannt. Das

erste, woran ich mich erinnern kann, ist eine alte Frau, die mich in einen Korb gesteckt hatte und versuchte, mich am Broadway, Ecke Twenty-third, an eine fette Dame zu verkaufen. Die alte Mutter Hubbard rühmte mich nach Strich und Faden als echten arabisch-australisch-irischen Kotschinchinastichelhaarfoxterrier. Die fette Dame machte zwischen den grobfädigen Flanellmustern in ihrer Einkaufstasche Jagd auf einen Fünfdollarschein, bis sie ihn in eine Ecke getrieben hatte und ihn preisgab. Von diesem Augenblick an war ich ein Liebling – Mamas zuckersüßes Schweineöhrchen. Bist du, freundlicher Leser, je von einer zwei Zentner schweren Dame, die nach Camembert und Spanischleder roch, auf den Arm genommen worden, und ist sie mit der Nase über dich hin und her gefahren und hat die ganze Zeit wie eine fette Opernsängerin gefistelt: »Eideidei, wo isser dennchen, mein winzitleines Schweiniöhrchen?«

Von einem gelben Hündchen mit Stammbaum wuchs ich zu einem anonymen gelben Köter heran und sah wie eine Kreuzung zwischen einem Angorakater und einer Kiste Zitronen aus. Aber mein Frauchen wurde nie irre an mir. Sie glaubte, die beiden Urzeitwelpen, die Noah in die Arche jagte, wären nur eine Seitenlinie meiner Ahnen gewesen. Zwei Polizisten waren nötig, um sie davon abzuhalten, mich in den Madison Square Garden zur Prämiierung sibirischer Bluthunde zu bringen.

Ich werde euch die Wohnung beschreiben. Das Haus war, wie ein Haus in New York zu sein hat; der Flur mit Marmor von der Insel Paros ausgelegt und vom zweiten Stock an einfacher Steinfußboden. Unsere Wohnung war vier Treppen hoch. Mein Frauchen hatte sie unmöbliert gemietet und die üblichen Sachen reingebracht – antike Wohnzimmerpolstergarnitur aus dem Jahre 1903, Öldruck von Geishas in einem Haarlemer Teehaus, Gummibaum und Gatte.

Beim Sirius! Das war ein Zweifüßler, der mir richtig leid tat. Er war ein kleiner Mann mit rotem Haar und einem Bart, der so ähnlich war wie meiner. Unterm Pantoffel? – Ach, jede Menge, von Plüsch bis Holz. Er trocknete das Geschirr ab und hörte geduldig zu, wenn sich Frauchen darüber ausließ, was für billige, zerfetzte Sachen die Dame mit dem Fehpelz im dritten Stock zum Trocknen auf die Leine hängte. Und jeden Abend, wenn sie das Essen machte, mußte er mich an der Leine spazierenführen.

Wenn die Männer wüßten, was die Frauen mit ihrer Zeit anfangen, wenn sie allein sind, würden sie nie heiraten. Laura Lean Jibby, Erdnußbonbons, etwas Mandelcreme auf den Halsmuskeln, Geschirr unabgewaschen, eine halbe Stunde Schwätzchen mit dem Eismann, einen Stapel alter Briefe lesen, ein paar Mixpickles und zwei Flaschen Ammenbier, eine Stunde durch ein Loch im Fenstervorhang auf die Wohnung auf der anderen Seite vom Luftschacht starren – das wäre so ungefähr alles. Zwanzig Minuten bevor er von der Arbeit nach Hause zu kommen pflegt, macht sie Hausputz, steckt ihren falschen Zopf so fest, daß er nicht zu sehen ist, und holt einen Haufen Näharbeit hervor für einen Zehnminutenbluff.

Ich führte in der Wohnung ein Hundeleben. Die meiste Zeit lag ich in meiner Ecke und sah zu, wie die Dicke die Zeit totschlug. Manchmal schlief ich und träumte, ich jage Katzen in den Keller oder knurre alte Damen mit schwarzen Halbhandschuhen an, wozu ja ein Hund neigt. Dann pflegte sie mit einem Haufen von diesem schwachsinnigen Schweineöhrchenpalaver über mich herzufallen und mich auf die Nase zu küssen – aber was konnte ich schon machen? Ein Hund kann ja schließlich nicht Knoblauch kauen.

Männe tat mir leid, großes Hundeehrenwort. Wir sahen uns so ähnlich, daß es den Leuten auffiel, wenn wir spazierengingen; deshalb verließen wir die Straßen, die Morgans Kutsche entlangfährt, und kletterten auf die Schneehaufen vom letzten Dezember in Straßen, wo weniger feine Leute wohnen.

Eines Abends, als wir so unsere Promenade machten und ich mich wie ein Preisbernhardiner gab, während der Alte auszusehen versuchte, als ob er gleich den ersten besten Leiermann umbringen würde, der Mendelssohns Hochzeitsmarsch spielt, sah ich ihn an und sagte auf meine Weise:

»Was machst du so ein saures Gesicht, du getrimmter Trottel? Dich küßt sie nicht. Du mußt nicht auf ihrem Schoß sitzen und ihr Gerede anhören, das ein Operettenlibretto dazu bringen könnte, wie die Maxime des Epiktet zu klingen. Du solltest dankbar sein, daß du kein Hund bist. Ermanne dich, bekehrter Junggeselle, und jage die Schwermut zum Teufel.«

Der eheliche Fehltritt blickte mit einer fast hündischen Intelligenz im Gesicht auf mich nieder.

»Ach, Hundchen«, sagte er, »gutes Hundchen. Du siehst beinah so aus, als könntest du reden. Was ist, Hundchen – Katzen?«

Katzen! Reden können! Aber er konnte mich natürlich nicht verstehen. Den Menschengeschöpfen ist die Sprache der Tiere versagt. Eine gemeinsame Basis der Unterhaltung, auf der Hunde und Menschen zusammentreffen können, haben sie nur in der Literatur.

In der Wohnung auf der andern Seite von unserem Gang wohnte eine Dame mit einem Dachsterrier. Der Mann von ihr nahm ihn an die Leine und führte ihn jeden Abend aus, kam aber immer fröhlich und pfeifend nach Hause. Eines Tages beschnupperte ich im Flur den Dachshund und bat ihn um Aufklärung.

»Sieh mal, Wackelundhops«, sagte ich, »du weißt doch, daß es nicht in der Natur eines richtigen Mannes liegt, in der Öffentlichkeit bei Hunden Kindermädchen zu spielen. Ich hab noch keinen mit einem Wauwau zusammengekoppelten Mann gesehen, der nicht aussah, als hätte er jeden anderen Mann, der zu ihm hinsah, durchprügeln mögen. Aber dein Herrchen kommt jeden Tag so quietschkeck und mit so erhobner Nase rein wie ein Amateurtaschenspieler, der den Eiertrick kann. Wie macht er das? Sag mir nicht, ihm gefällt das!«

»Der?« sagte der Dachshund. »Der benutzt das wahre Heilmittel der Natur. Er tötet sich ab. Erst, wenn wir ausgehn, ist er so scheu wie der Mann auf dem Dampfer, der lieber Pedro spielen würde, wenn alle den Joker auf der Hand haben. Mit der Zeit, wenn wir acht Wirtshäuser abgeklappert haben, ist es ihm egal, ob das Ding, das er an der Leine hat, ein Hund oder ein Katzenwels ist. Zwei Zoll von meinem Schwanz hab ich eingebüßt bei dem Versuch, diesen Windfangtüren auszuweichen.«

Der Wink, den ich von diesem Terrier erhielt – einem Musterexemplar fürs Vaudeville –, gab mir zu denken. Eines Abends gegen sechs befahl Frauchen ihrem Männe, er solle sich beeilen und Liebchen an die frische Luft führen. Ich habe es bis jetzt verschwiegen, aber so nannte sie mich. Der Dachshund wurde ›Süßer‹ gerufen. Ich glaube, ich war ihm so weit überlegen, wie ihr ein Kaninchen jagen könnt. Dennoch ist ›Liebchen‹ so etwas wie eine Namensblechbüchse am Schwanz der eigenen Selbstachtung.

An einem stillen Ort in einer sicheren Straße zerrte ich vor einem attraktiven, eleganten Wirtshaus an der Leine meines Wärters. Ich strampelte mit allen vieren auf die Tür zu und winselte wie ein Hund in den Zeitungsmeldungen, der die Familie wissen läßt, daß Klein-Alice im Schlamm versunken ist, als sie am Bach Lilien pflückte.

»Zum Teufel mit meinen Augen«, sagte der Alte grinsend, »zum Teufel mit meinen Augen, wenn mich der safrangelbe Sohn einer Brauselimonade nicht zu einem Drink einlädt. Mal sehn – wie lange ist es eigentlich her, daß ich Ledersohlen geschont habe, weil ich die Füße auf der Fußbank behielt? Ich glaube, ich werde...«

Da wußte ich, daß ich ihn hatte. Er setzte sich an einen Tisch und trank schottischen Whiskygrog. Eine Stunde lang ließ er die alten Schotten antanzen. Ich saß neben ihm, klopfte mit dem Schwanz nach dem Kellner und aß Freitisch, wie ihn Mama mit ihrem hausgemachten, acht-Minuten-bevor-Papa-kam im Delikatessenladen gekauften Kram nie fertigbrachte.

Als alle Produkte Schottlands außer dem Roggen*brot* erschöpft waren, band mich der Alte vom Tischbein los und drillte mich wie ein Fischer einen Lachs. Draußen nahm er mir das Halsband ab und warf es auf die Straße.

»Armes Hundchen«, sagte er, »gutes Hundchen. Sie wird dich nicht mehr küssen. Es ist eine verdammte Schande. Gutes Hundchen, lauf zu, und laß dich von einer Straßenbahn überfahren, und werde glücklich.«

Ich wollte ihn nicht verlassen. Ich sprang und hüpfte um die Beine von dem Alten und freute mich wie ein Mops im Paletot.

»Du flohköpfiger alter Murmeltierjäger«, sagte ich zu ihm, »du mondanbellender, kaninchenvorstehender, eierklauender alter Stöber, siehst du denn nicht, daß ich dich nicht verlassen will? Siehst du denn nicht, daß wir beide im Wald verirrte Hündchen sind, und Frauchen ist der grausame Onkel, der hinter dir mit dem Geschirrtuch her ist und hinter mir mit dem Floheinreibungsmittel und einer rosa Schleife, die er mir an den Schwanz binden will. Warum wollen wir nicht

Schluß machen mit allem und für immer Freunde sein?«

Vielleicht sagt ihr jetzt, er verstand ja nicht – vielleicht war das auch so. Aber der schottische Whiskygrog hatte ihn irgendwie stark gemacht, und er stand eine Minute lang und überlegte.

»Hundchen«, sagte er schließlich, »wir leben nicht mehr als ein Dutzend Leben auf dieser Erde, und nur sehr wenige werden mehr als dreihundert Jahre alt. Wenn ich je wieder den Fuß in Frauchens Quartier setze, bin ich keinen Quark wert und du kein Quarkkeulchen, denn jetzt ist Schluß mit dem Quark. Ich wette sechzig zu eins, daß der Westen mit Dackellänge gewinnt.«

Eine Leine hatten wir nicht mehr, aber ich hüpfte vergnügt mit meinem Herrchen zur Fähre in der Twentythird Street. Und die Katzen unterwegs sahen sich veranlaßt, dankbar zu sein, daß ihnen wehrhafte Krallen gegeben waren.

Auf der Jerseyseite sagte mein Herrchen zu einem Fremden, der ein Korinthenbrötchen aß:

»Ich und mein Hündchen wollen zu den Rocky Mountains.«

Aber am besten gefiel mir, als mein Alter mich an den Ohren zog, bis ich heulte, und sagte:

»Du erbärmlicher affenköpfiger, rattenschwänziger, schwefelgelber Sohn einer Türmatte, weißt du, wie ich dich nennen werde?«

Ich dachte an ›Liebchen‹ und winselte kläglich.

»Ich werde dich ›Pete‹ nennen«, sagte mein Herrchen, und wenn ich fünf Schwänze gehabt hätte, so
hätte ich doch nicht so heftig wedeln können, wie
es diesem Ereignis zukam.

## Das Karussell des Lebens

Friedensrichter Benaja Widdup saß unter der Tür seines Büros und schmauchte seine Holunderpfeife. Halb zum Zenit empor reckte sich das Cumberland-Gebirge graublau in den Nachmittagsdunst. Eine gesprenkelte Henne stolzierte die Hauptstraße der ›Siedlung‹ hinunter und gackerte albern.

Die Straße herauf kam das Geräusch kreischender Achsen, dann eine träge Staubwolke und dann ein Ochsenkarren mit Ransie Bilbro und seinem Weib darauf. Der Karren hielt vor der Tür des Richters, und die beiden kletterten herunter. Ransie war ein knapp sechs Fuß langer Bursche mit blaßbrauner Haut und gelbem Haar. Der unerschütterliche Gleichmut der Berge umgab ihn wie ein Panzer. Die Frau steckte in Kattun, war eckig, mit Schnupftabak bestreut und von unbekannten Sehnsüchten gequält. Durch all das schimmerte ein schwacher Protest betrogener Jugend, die nicht recht weiß, was ihr entgangen ist.

Der Friedensrichter schlüpfte der Würde wegen in seine Schuhe und ließ sie eintreten.

»Wir zwei beide«, sagte die Frau mit einer

Stimme, die sich anhörte, wie wenn der Wind durch die Fichtenzweige fährt, »wir woll'n 'ne Scheidung.« Sie blickte zu Ransie, ob er vielleicht in ihrer Darlegung der Angelegenheit einen Fehler, eine Zweideutigkeit, eine Ausflucht, Parteilichkeit oder Voreingenommenheit entdeckt habe.

»'ne Scheidung«, wiederholte Ransie mit feierlichem Nicken. »Wir zwei beide können auf keine Weise nich mit uns auskommen. In den Bergen is einsam genug leben, wenn 'n Mann und 'ne Frau sich einer aus dem andern was machen. Aber wenn sie fauchen tut wie 'ne Wildkatze oder böse glotzt als wie 'ne Schleiereule im Käfig, dann hat 'n Mann keine Veranlassung nich, mit sie zu leben.«

»Wenn er 'n nichtsnutziges Gesindel is«, sagte die Frau ohne besondere Wärme, »und mit Lumpens und heimliche Schnapsbrenner rumschlumpen tut und randvoll mit Kornwhisky auf'm Kreuz liegt und die Leute mit 'ne Meute hungrige unnützige Hundeviecher zum Befüttern plagt.«

»Wenn sie mit Pfanndeckel schmeißen tut«, kam Ransies Stimme in dem Wechselgesang, »und auf den besten Hetzhund in den Cumberlands kochendes Wasser schütten tut und sich spreizt, dem Mann sein Essen zu kochen, und ihn die Nacht kein Auge zutun läßt, indem daß sie ihm eine Unmasse Zeug vorwerfen tut.« »Wenn er sich immerzu mit die Zollbeamten in die Haare liegt und 'n schlechten

Namen in die Berge hat von wegen als 'n schlechter Mensch, wer soll denn da in der Nacht schlafen können?«

Der Friedensrichter machte sich bedächtig an seine Obliegenheiten. Er stellte seinen Bittstellern den einzigen Stuhl und einen Holzschemel hin. Dann öffnete er sein Gesetzbuch auf dem Tisch und prüfte das Verzeichnis. Nun putzte er seine Brille und schob das Tintenfaß weg.

»Das Gesetz und die Statuten«, begann er, »sagen nichts über den Gegenstand der Scheidung, soweit es die Gerichtsbarkeit dieses Gerichts betrifft. Aber nach dem Billigkeitsrecht und der Verfassung und der Sittenregel ist es ein schlechter Handel, wenn er nicht auch umgekehrt gilt. Wenn ein Friedensrichter ein Paar verheiraten kann, dann ist ganz klar, daß er auch die Möglichkeit haben muß, sie zu scheiden. Dies Amt hier wird ein Scheidungsurteil abfassen und sich für die Gültigkeit an die Entscheidung des Obersten Gerichtshofs halten.«

Ransie Bilbro zog einen kleinen Tabaksbeutel aus seiner Hosentasche. Aus dem schüttelte er eine Fünfdollarnote auf den Tisch. »Hab 'n Bärenfell und zwei Fuchspelze verkauft«, bemerkte er. »Das is alles Geld, wo wir haben.«

»Der reguläre Preis für eine Scheidung vor diesem Gericht ist fünf Dollar«, sagte der Richter. Mit scheinbar gleichgültiger Miene stopfte er die Banknote in die Tasche seiner Homespunweste. Unter großer körperlicher Anstrengung und mühevoller geistiger Arbeit schrieb er das Urteil auf die obere Hälfte eines Stempelbogens und machte auf der unteren eine Abschrift davon. Ransie Bilbro und seine Frau hörten ihm zu, als er das Dokument verlas, das ihnen die Freiheit geben sollte. »Hiermit allen kund und zu wissen, daß Ransie Bilbro und seine Ehefrau, Ariela Bilbro, heutigen Tages persönlich vor mir erschienen und das Versprechen ablegten, von nun an einander weder zu lieben noch zu ehren, noch zu gehorchen, weder im Guten noch im Schlimmen, beide gesund an Leib und Seele, und kommen sie der Scheidungsaufforderung nach im Namen des Friedens und der Würde des Staates. Weichet nicht davon ab, dazu verhelfe euch Gott.

Benaja Widdup, Friedensrichter in und für den Distrikt Piedmont im Staate Tennessee.«

Der Richter wollte eben Ransie eins der Dokumente aushändigen. Doch Arielas Stimme verzögerte die Übergabe. Die beiden Männer sahen sie an. Die schwerfällige Männlichkeit sah sich etwas Plötzlichem, Unerwartetem in der Frau gegenüber.

»Geben Sie ihm Ihr Papier noch nich, Richter. Es is noch nich alles erledigt. Erst will ich mein Recht haben. Ich will meine Alimoneten haben. Das is keine Art nich von 'nem Mann, sich von seiner Frau zu scheiden, und sie hat keinen Cent zum was Anfangen. Ich will zu meinem Bruder Ed rauf auf den Hogback. Da muß ich 'n Paar Schuhe haben und Schnupftabak und andres Zeugs. Wenn sich Rance kann 'ne Scheidung leisten, denn könn' Sie ihn auch lassen Alimoneten für mich zahlen.«

Ransie Bilbro war mit sprachloser Verblüffung geschlagen. Von Alimenten war vorher auch nicht andeutungsweise die Rede gewesen. Frauen kamen immer zu so überraschenden und unvorhergesehenen Resultaten.

Richter Benaja Widdup fühlte, daß dieser Punkt richterliche Entscheidung verlangte. Auch über den Gegenstand der Alimente schwiegen die Gewährsleute. Aber die Füße der Frau waren nackt. Und der Weg zum Hogback Mountain war steinig und hart.

»Ariela Bilbro«, fragte er mit seiner Amtsstimme, »wie hoch, meinen Sie, wären angemessene und ausreichende Alimente in dem vor Gericht befindlichen Fall anzusehen?«

»Ich würde meinen«, sagte sie, »für die Schuhe und alles – sagen wir fünf Dollar. Das is nich viel für Alimoneten, aber ich denke, damit komm ich bis zu Bruder Ed rauf.«

»Der Betrag ist nicht unvernünftig«, sagte der Richter. »Ihnen, Ransie Bilbro, wird vom Gericht befohlen, der Klägerin die Summe von fünf Dollar zu zahlen, bevor das Scheidungsurteil ausgefolgt wird.«

»Mehr Geld hab ich nich«, entgegnete Ransie und atmete schwer. »Ich hab Ihnen alles gezahlt, was ich gehabt hatte.«

»Andernfalls«, sagte der Richter und blickte streng über seine Brille, »andernfalls es ungebührliches Betragen gegen das Gericht ist.«

»Ich denke, wenn Sie mir bis morgen Zeit geben«, bat der Ehemann, »dann kann ich es vielleicht wo zusammenklauben oder ranschaffen. Nie nich hab ich gedacht, daß ich soll Alimoneten zahlen.«

»Der Fall ist auf morgen vertagt«, sagte Benaja Widdup, »wo ihr zwei beide persönlich erscheint und den Befehlen des Gerichts Folge leistet. Wonach dann das Scheidungsurteil ausgefolgt wird.« Er setzte sich unter die Tür und machte ein Schuhband auf.

»Eigentlich könn' wir zu Onkel Ziah rübergehn und da über Nacht bleiben«, entschied Ransie. Er kletterte von der einen Seite in den Karren, Ariela von der anderen. Dem Klatschen seines Strickes gehorchend, kam der kleine rote Ochse langsam in seine Richtung, und in der von den Rädern aufgewirbelten grauen Staubwolke kroch der Karren davon.

Friedensrichter Benaja Widdup schmauchte seine Holunderpfeife. Am späten Nachmittag bekam er seine Wochenzeitung und las sie, bis die Zeilen in der Dämmerung verschwammen. Dann zündete er die Talgkerze auf dem Tisch an und las, bis der Mond aufging und anzeigte, daß die Abendbrotzeit heran war. Er wohnte in dem Doppelblockhaus auf dem Hang bei der geschälten Pappel. Auf dem Heimweg zum Abendessen kreuzte er einen kleinen Seitenpfad, der durch ein Lorbeerdickicht verdunkelt wurde. Die finstere Gestalt eines Mannes trat aus dem Lorbeer und zielte mit einer Büchse auf seine Brust. Den Hut hatte er tief heruntergezogen, und mit irgend etwas war fast das ganze Gesicht verhüllt.

»Her mit Ihrem Geld«, sagte die Gestalt, »ohne Widerrede. Ich krieg's mit die Nerven, und mein Finger wackelt am Abzug.«

»Ich hab nur f-f-fünf Dollar«, sagte der Richter und zog sie aus der Westentasche.

»Roll sie zusammen«, wurde ihm befohlen, »und steck sie oben in den Büchsenlauf.«

Die Banknote war frisch und neu. Selbst für plumpe und zitternde Finger war es nicht besonders schwierig, einen Fidibus daraus zu drehen und ihn (was schon schwerer fiel) in die Mündung der Büchse zu stecken. »Jetzt könn' Sie sich weiterscheren«, sagte der Räuber. Und der Richter machte sich ungesäumt auf den Weg. Am nächsten Tag kam der kleine rote Ochse und zog den Karren vor die Amtstür. Richter Benaja Widdup hatte seine Schuhe an, denn er erwartete den Besuch. In seiner

Gegenwart händigte Ransie Bilbro seiner Frau eine Fünfdollarnote aus. Der Blick des Beamten nahm sie scharf in Augenschein. Sie schien sich zu krümmen, als sei sie zusammengerollt gewesen und in das Ende eines Büchsenlaufs gesteckt worden. Aber der Richter enthielt sich jeder Bemerkung. Wahr ist, daß auch andere Banknoten dazu verleitet sein können, sich zu krümmen. Er überreichte jedem ein Scheidungsurteil. Beide standen in unbeholfenem Schweigen und falteten das Freiheitspfand langsam zusammen. Die Frau warf einen scheuen, befangenen Blick auf Ransie.

»Du gehst wohl wieder mit dem Ochsenkarren zur Hütte zurück«, sagte sie. »In der Zinnbüchse auf dem Wandbrett is Brot. Den Schinken hab ich in den Kochtopf getan, damit die Hunde nicht rankönnen. Vergiß heut abend nich, die Uhr aufzuziehen.«

»Du gehst zu deinem Bruder Ed?« fragte Ransie mit schöner Gelassenheit.

»Wollte noch vor Abend oben sein. Ich will nich sagen, daß sie sich überschlagen werden, wenn sie mich sehn, aber ich hab ja nirgendwo anders hinzugehen. Es is ein Weg, der es in sich hat, und ich will jetzt lieber gehn. Ich möcht dir noch Lebwohl sagen, Rance – das heißt, wenn dir was dran liegt.«

»Ich weiß nich, ob jemand so 'n Hundevieh könnt' sein, daß er nich wollt' Lebwohl sagen«, sagte Ransie mit der Stimme eines Märtyrers, »außer du hast so eilig wegzukommen, daß du nich willst.«

Ariela schwieg. Sie faltete die Fünfdollarnote und ihr Scheidungsurteil sorgfältig zusammen und steckte beides in den Ausschnitt ihres Kleides. Benaja Widdup sah mit trauervollen Augen hinter der Brille das Geld verschwinden.

Mit seinen nächsten Worten stellte er sich dann in eine Reihe (so liefen seine Gedanken) mit der großen Schar der mitfühlenden Seelen dieser Welt oder der kleinen Schar ihrer großen Geldleute.

»Wird heute abend bißchen einsam sein in der alten Hütte, Ransie«, sagte er.

Ransie Bilbro starrte auf die Cumberland-Berge hinaus, die nun klarblau im Sonnenlicht lagen. Ariela sah er nicht an.

»Denke schon, daß es einsam sein könnt'«, sagte er, »aber wenn die Leute verrückt werden und 'ne Scheidung wollen, denn kann man die Leute nich halten.«

»Es gibt noch andre, die 'ne Scheidung wollten«, sagte Ariela zu dem Holzschemel. »Außerdem hat niemand nich niemand halten gewollt.«

»Niemand hat nie nich gesagt, daß er nich will.«

»Niemand hat nie nich gesagt, daß er will. Ich werde mich man jetzt lieber zu meinem Bruder Ed aufmachen.«

»Niemand kann diese alte Uhr aufziehn.«

»Willst wohl, daß ich in dem Karren mitfahr und sie für dich aufziehn tu, Rance?«

Das Gesicht des Gebirglers war durch Gemütsbewegungen nicht zu rühren. Aber er streckte eine mächtige Hand aus und umschloß Arielas kleine braune. Für einen Augenblick schaute Arielas Seele durch ihr unbewegliches Gesicht und verklärte es.

»Die Hunde sollen dich nicht mehr plagen«, sagte Ransie. »Ich bin wohl ganz schlecht und gemein gewesen. Zieh man du die Uhr auf, Ariela.«

»Mein Herz hängt an der Hütte, Rance«, flüsterte sie, »und an dir. Ich will nie mehr verrückt werden. Ziehen wir los, Rance, daß wir vor Sonnenuntergang zu Hause sind.«

Friedensrichter Benaja Widdup vertrat ihnen den Weg, als sie, seine Anwesenheit vergessend, zur Tür gingen. »Im Namen des Staates Tennessee verbiete ich euch, seinen Gesetzen und Statuten zu trotzen«, sagte er. »Dieser Gerichtshof ist mehr als willens und voller Freude, zu sehen, wie die Wolken der Zwietracht und der Mißverständnisse sich von zwei liebenden Herzen wälzen, aber es ist die Pflicht des Gerichts, die Moral und die Lauterkeit des Staates zu wahren. Das Gericht erinnert euch daran, daß ihr nicht mehr Mann und Frau seid, sondern geschiedene Leute durch ein reguläres Urteil und als solche kein Recht mehr habt auf die

Segnungen und Zugehörigkeiten des ehelichen Standes.«

Ariela griff nach Ransies Arm. Sollten diese Worte bedeuten, daß sie ihn gerade jetzt verlieren mußte, da sie ihre Lektion für das Leben gelernt hatte?

»Aber das Gericht ist bereit«, fuhr der Richter fort, »die durch das Scheidungsurteil aufgetretene Rechtsunfähigkeit zu beseitigen. Das Gericht steht zur Verfügung, die feierliche Trauungszeremonie zu vollziehen und die Sache in Ordnung zu bringen und die Parteien wieder in den ehrenwerten und erhebenden Ehestand zu versetzen, nach dem sie verlangen. Die Gebühr für die Vollziehung besagter Zeremonie beträgt in diesem Fall genau fünf Dollar.«

Ariela erwischte den Hoffnungsstrahl in seinen Worten. Flink langte ihre Hand in den Busen. Zutraulich wie eine einfallende Taube flatterte die Banknote auf den Tisch des Richters. Arielas blasse Wangen färbten sich, als sie Hand in Hand mit Ransie stand und den Worten lauschte, die sie wieder vereinigten.

Ransie half ihr in den Karren und kletterte neben sie. Wieder wandte sich der kleine rote Ochse, und Hand in Hand fuhren sie den Bergen zu.

Friedensrichter Benaja Widdup saß unter seiner Tür und zog sich die Schuhe aus. Wieder befingerte er die in seiner Westentasche verstaute Banknote. Wieder schmauchte er seine Holunderpfeife. Wieder stolzierte die gesprenkelte Henne die Hauptstraße der ›Siedlung‹ hinunter und gackerte albern.

# Kleine Erzähler-Bibliothek

Bisher erschienen:

*Theodor Storm: Aquis submersus*
*Adalbert Stifter: Abdias*
*Hermann Melville: Benito Cereno*
*Jack London: Der Ruf der Wildnis*
*Alexander Puschkin: Der Schneesturm*
*Wilhelm Hauff: Die Karawane*
*Iwan S. Turgenjew: Erste Liebe*
*Theodor Fontane: Grete Minde*
*Guy de Maupassant: Pariser Abenteuer*
*Joseph Conrad: Herz der Finsternis*
*Mark Twain: Der gestohlene weiße Elefant*
*Nikolai Leskow: Am Ende der Welt*
*Franziska zu Reventlow: Amouresken*
*O. Henry: Unschuldsengel vom Broadway*
*Johann P. Hebel: Der vorsichtige Träumer*
*E.A. Poe: Die Maske des Roten Todes*
*Nikolai Gogol: Tagebuch eines Wahnsinnigen*
*Georg Heym: Der Dieb*
*Franz Kafka: Ein Hungerkünstler*
*O. Wilde: Der Glückliche Prinz*
*Oskar Panizza: Ein skandalöser Fall*
*Stephen Crane: Maggie, das Straßenkind*

*Die Reihe wird fortgesetzt*